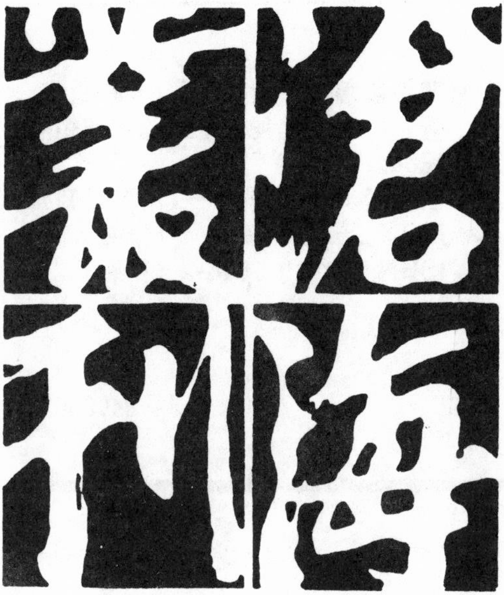

文開隨筆續編

糜文開 著　　東大圖書公司 印行

國立中央圖書館出版品預行編目資料

文開隨筆續編／糜文開著.--初版.--
臺北市：東大發行：三民總經銷，
民84
面；　　公分.--(滄海叢刊)
ISBN 957-19-1847-4（精裝）
ISBN 957-19-1848-2（平裝）

855　　　　84009873

著作人　糜文開
發行人　劉仲文
著作財產權人　東大圖書股份有限公司
臺北市復興北路三八六號
發行所　東大圖書股份有限公司
地　址／臺北市復興北路三八六號
郵　撥／〇一〇七一七五——〇號
印刷所　東大圖書股份有限公司
總經銷　三民書局股份有限公司
門市部　復北店／臺北市復興北路三八六號
重南店／臺北市重慶南路一段六十一號
初　版　中華民國八十四年十月
編　號　E 85301
基本定價　叁元陸角
行政院新聞局登記證局版臺業字第〇一九七號

ISBN 957-19-1848-2（平裝）

弁言

裴溥言

民國八十年八月，溥言自臺灣大學中文系退休後，得暇整理書房，發現文開生前作品尚有若干篇散佚在外。其中有有關印度方面的，有寫書評的，有寫遊記的，也有一些詩作及考證性的文字，共計四十二篇之多。這四十二篇，均曾於民國四十年代迄六十年代陸續發表於臺、港、菲等地的中文報章雜誌。茲經溥言仔細加以審閱篩選，認爲有留存價值的，得二十五篇。爲期此等遺作不致因年久散逸，故而有結集成書之構想。經與東大圖書公司董事長劉振強先生洽商，蒙其慨允，願予出版。又因其內容與民國六十七年東大圖書公司出版的「文開隨筆」類似，故定其書名爲「文開隨筆續編」，並循「文開隨筆」的體例，將這二十五篇也分列爲三輯：第一輯是與印度有關的計十一篇；第二輯屬書評一類共十篇；第三輯則爲雜文四篇。

另有溥言撰寫的「佛教對我國詩人的影響」、「三首同題詩的比較欣賞」及「吾人今日如何讀詩經」等三篇，其中除第三篇未曾發表，其餘兩篇曾分別發表於中央日報副刊及中國時報副刊，但因數量不多，不足以彙成專書，故而也依「文開隨筆」的辦法，附錄於「文開隨筆續編」之後，作爲這本文開遺著的結尾，並在此聊贅數語，以敍明此書出版之經過。

文開隨筆續編 目錄

第二輯

第三輯

第一輯

印度文學

印度文學是世界文學三大主流之一，有如明月的清輝，靜靜地照臨大地，任人玩賞，令人遐想，發人深思！我們研究了中國文學和西洋文學之後，很值得欣賞一下印度文學。

印度最早的文獻是一部詩集「吠陀經」，是世界最古老的典籍之一，其地位相當於我國的「詩經」，但比「詩經」年代更早上幾百年，約產生於公元前一千五百年至公元前一千年。這時遊牧的印度亞利安人初自中央亞細亞遷入印度北部，他們認爲一切自然現象，都有神祇主宰，重要的有天、地、日、月、風、雷、水、火等三十三神，稱爲三十三天，他們都有頌歌來讚美他們，後來記錄下來，輯集成書，稱爲「吠陀經」。

印度亞利安人征服印度土人定居印度後，自頌神的吠陀時代產生了祭祀的儀式以及執掌宗教的婆羅門僧侶，形成婆羅門教，他們把各種儀式和神話記在「吠陀經」後面，稱爲「梵書」。「梵書」的最後一部分，討論宗教的哲學意義的，名爲「奧義書」，「奧義書」通稱一〇八種，很多是最上乘的文學作品，他們用文學的筆調來發揮哲理，獲得最大的成功。世界各國學者，一致歎賞，大哲學家叔本華更是五體投地地說：「全世界未曾有像『奧義書』這樣最有價值而又最卓越的書。得讀此書，實在是我生前的安慰，也是我死後的慰藉。」其感人之深，可想而見。

印度古代寓言和故事非常發達，鳥言獸語，動物成爲故事的主角，故事發展，想入非非，而寓意深長，世界各地沒有任何國家曾如印度這樣普遍的產生着許多五光十色的奇妙故事的。大概印度人好幻想，富想像力，而輪迴之說，又泯除了人獸世界的差別，於是動物自易成爲故事的主角。印度是最適合於發明寓言、動物故事和童話的地方，許多學者，都相信印度是這一類作品的總發源地。舉一個例，印度寓言童話型的故事集最重要的是「五卷書」，「五卷書」中有「驢蒙虎皮」的故事，就有人認爲希臘「伊索寓言」中第二五二則類似的「驢蒙獅皮」的故事和我國古代「驢蒙虎皮」的故事，都是印度貨的改裝。但現代一般學者，主張希臘與印度各自產生寓言，獨立發展，其後曾有零篇相互交流，所以當兩書的結集時，會有幾個故事相同。因爲印度最早的寓言，固可追溯到公元前六世紀，而希臘寓言盛行的伊索時代，年代也很早，當在公元前五百年。

可是，經過西方學者詳細研究，流行於若干不同民族的許多神話，仍可追溯其係發源於印度，「五卷書」的怎樣輾轉流傳到西方去，也已經有一個清楚的線索查考出來，而且阿拉伯人天方夜譚的故事型式，也是採自「五卷書」。

印度普通故事的組織是互相插入的，就是把一群故事安排在一個單一敍述的結構中，或如唧尾之魚，一個牽連一個，或如寄生之蟹，甲中忽插入乙，而許多故事總有一根總線索把牠們貫串起來成爲一個整體。這種型式，蘇雪林先生稱它爲「葡萄藤」式，我稱它爲穿珠花式，「天方夜譚」便是這一型式。「天方夜譚」非但結構型式自印度輸入，其中還有好幾個故事，也是從印度流傳過去，包括有名的辛巴德航海故事在內。

「五卷書」編成於公元三百年至五百年間，包括八十七個故事，在公元六世紀中葉，已非常著名，公元五七〇年由波斯王下令將其由梵文譯成柏勒維文，同年卽轉譯爲敍利亞文，其後公元七五〇年譯成阿拉伯文，又由阿拉伯文譯成許多亞洲和歐洲文的譯本。其中一四八三年出版的普佛爾的德文本爲最著名，非但在各方面影響德國文學，並又被轉譯成丹麥文、氷島文、荷蘭文等。

「五卷書」敍利亞文譯本，已查考出來曾被轉譯成四十種語文，其中一種拉丁文的譯本，於一二六三年出版，轉譯成西班牙文後，於一五五二年又由西班牙文譯成意大利文，於一五七〇年再轉譯成英文。「五卷書」由柏勒維文輾轉通過六種文字的重譯而成英文，其間前後相隔剛巧一千年，這是「五卷書」不脛而走的歷史，從神祕的印度旅行到遙遠的歐洲西方邊緣的島國的値得記述的有趣歷程。

「五卷書」就在這種一再轉譯的方式中充實了世界各國的文學，而對歐洲整個中世紀的敍事文學，尤有特殊的影響。

印度寓言故事還有一種特殊的形式，就是許多「格言詩」的插入。例如「驢蒙虎皮」的故事，記述一個養着一隻牡驢的洗衣人，因爲缺乏餵驢的糧秣，便異想天開，把老虎皮蒙在驢子身上，讓牠夜間去吃別人田裡的麥，把牠養肥了。但有一夜驢子忽然得意地鳴叫起來，終於被農夫辨清那是僞裝的老虎，便合力把牠打死了。於是格言詩唱道：

外表無論多麼嚇人，

偽裝無論多麼巧妙，
驢子，縱使蒙上了虎皮，
畢竟被殺死——由於牠的鳴叫。

可是歐洲的各種譯本，往往把格言詩刪掉，這非但失掉了原來的風格，也失掉了印度人借說故事以教訓人的原意了。迄今「五卷書」尚無一種完美的譯本，盧前譯的刪節本書名「五葉書」，勉強可以一讀，前述「吠陀經」「奧義書」也只有我的選譯，收在我編的「印度三大聖典」一書中。

印度神話傳說的大結集是有名的兩大史詩「摩訶婆羅多」和「羅摩耶那」兩部書，這兩書媲美希臘的兩大史詩「伊里亞特」和「奧特賽」。我國歷史小說「三國志演義」在民間的勢力非常大，而印度兩大史詩在民間的勢力，更超過我們的「三國演義」。他們非但崇拜書中人物，而且他們的生活規範，都取法於兩書，猶之我國以前取法於「論語」一樣，所以這兩書在印度也被列為經典。「羅摩耶那」中描寫神猴哈紐曼非常生動，神通廣大，胡適之先生考證「西遊記」，說美猴王孫悟空的來歷在印度，哈紐曼就是他的背影。關於印度兩大史詩的介紹，我已編譯了「古印度兩大史詩」一書，並寫了一篇考證來補充胡先生的說法，附在書中，可供參考，這裡爲篇幅所限，只把法國歷史家米希勒讚美史詩「羅摩耶那」的話錄下，以見西方學者對印度兩大史詩觀感的一斑。他說：「每一個做了太多或者願望太多的人，讓他從這深林中長飮一口生命與青春吧……西方什麼都狹窄——希臘渺小，我氣悶；猶太乾枯，我氣喘。讓我向巍然的亞洲和深奧的東方看一下。那裡，有我的偉大詩篇，像印度洋一般廣濶；有福的，被日光鍍金的，一部神聖的融洽的書，其中沒有不調和之處。恬靜的和平統治着那裡，在衝突中有着無窮的美妙，一個無限的博愛展開在所有生物之上，一個仁愛的，同情的，慈悲的，(無底也無邊的）大洋。」

在兩大史詩之後的公元第一世紀，便有佛教大詩人馬鳴的產生。釋迦牟尼佛教的興起，改革了腐化的婆羅門教，至公元前三世紀阿育王定佛教爲國教，印度便成爲佛教的天下。馬鳴的代表作便是用敍事詩寫佛的傳記的「佛所行讚」，這長詩描寫釋迦牟尼一生的生活和教化，自乘象入胎，以至雙樹示寂，每句每節都寫得非常優美流暢。三百餘年後，在我國南北朝時，就有北涼高僧曇無讖把它譯成中文，流傳至今。我們在大藏經裡可以讀到它。

我國唐代所謂近體詩的律詩絕句的產生，大家知道是在東漢六朝高僧學者研究印度「聲明」學的影響下所得的收穫，佛教影響我國文學的內容很大，而印度聲明學影響我國新文體的產生也很廣大深遠，近體詩因一脈相承變化為宋詞元曲，六朝的駢文，實在也是近體詩的昆仲。此外，六朝時我國敍事詩的興起，像「孔雀東南飛」「木蘭辭」這樣長詩的產生，有人認為也是受印度敍事詩的影響。

公元四世紀末年印度的大詩人加里陀莎，也是印度文學黃金時代的代表人物。這時正是笈多王朝旃陀羅笈多二世毘訖羅摩迭多在位之時，笈多王朝復興婆羅門教，（以後被稱為印度教）至此國勢正達極盛之時，我國法顯適在此時到印，在他所寫的「佛國記」中對當時印度的政治備極讚美。當時毘訖羅摩迭多極力提倡文藝，他的朝廷中人材濟濟，有九位傑出的人物被稱為九寶，加里陀莎便是九寶之一。加里陀莎寫了許多詩和劇本，他的代表作是詩劇「莎昆妲蘿」和長詩「雲使」，莎昆妲蘿於十八世紀被介紹到西方去，馬上轟動了整個歐洲文壇。德國的大文豪歌德也大受感動，特地寫了一首詩去讚美它，並把莎昆妲蘿一劇開場白的形式採用到他的巨著詩劇「浮士德」中去。我國的戲曲也受到印度的影響的，例如上場詩，便是從印度的習慣承襲得來的。

加里陀莎的長詩「雲使」，內容敍述一人因被監禁而和他的愛人隔絕，時當雨季，他請求一朵雲把他的極度思念的訊息帶給她。對於這首詩，美國學者賴度曾給與光榮的讚美。他指出這詩的兩部分說：「前半部是描寫自然的外表，而交織於人的感覺中；後半部是一幅人心的圖畫，而這畫以自然美爲框，這作品是如此的精美，以致無人能說出那半部比較高超些。……加里陀莎在五世紀已懂得歐洲人直到十九世紀還不懂的東西，就是現在還沒有完全懂得，那是世界並不是爲人類而創造，只有當他承認生命的莊嚴與價值，並不是屬於人的時候，人才會達到他最高的高度，而加里陀莎把握了這個眞理。……加里陀莎不祇和阿那那克里昂、賀拉西及雪萊相埒，而是和索福克里、味吉爾，及米爾頓並肩。」法國勒維教授也說：「加里陀莎的戲劇和巧妙的詩篇至今仍證明他偉大天才的權力與適應性，由於他那些眞正純美的傑作，印度得讚歎她自己，人類得認識他自己。」加里陀莎用梵文寫的詩歌，無人能用別種語文譯得他原作那麼美妙，詩劇莎昆妲蘿，則筆者已試譯成中文出版。

印度古代文學是這樣的燦爛光輝，對世界的影響是這樣的廣大而深遠，加里陀莎以後還產生了不少大作家，寫了許多傑作，限於篇幅，不再敍述。但自公元十世紀以後，印度文學便呈衰落的現象，要到十九世紀的末葉，才有復興的機運。這是什麼原因呢？大概印度人的創造力雖強，在文學上受外來的影響卻很少，沒有新的刺激，沒有新血液的輸入，又逢長期的戰亂，一切不能振作，所以文藝的花朵也逐漸枯萎了。一八五七年印度經過了一次反英的大暴動後，印度的統治權，由東印度公司的手裡轉移給英國女皇掌握，從此百年印度社會安定，印度人民受西洋文化的洗禮，古印度文化中有了新的酵母，醞釀出今日印度的新文化來。文學方面，從托露達德等人的開創風氣，而有泰戈爾、奈都夫人等大詩人的產生，以及小說家普雷姜德等人的興起。其中泰戈爾以詩集「頌歌集」獲得一九一三年諾貝爾文學獎金而名震環球，他的作品，風靡世界各國，恢復了印度文學的光榮地位，進入了另一個輝煌的新時代。他們的作品，兼有東方西方的長處，最適合我們閱讀和學習，英國作家夏芝稱讚泰戈爾說：「我每天只要讀了他的一行詩，便可忘卻整個世界的煩惱。」是的，像漂鳥集第十三首，只有這樣一行：「我的心，請靜聽世界的低語，那是他在對你談愛啊！」讀着這一行，我們便因體味那仁愛和平的恬靜境界而陶醉了。又如漂鳥集第二百首的獨行詩：「燃燒的木頭一面噴射着火焰，一面喊道：『這是我的花，這是我的死。』」這像文天祥的正氣歌一般壯烈，讀了多麼使人精神振奮啊！

我曾歸納印度文學的特點，在形式方面：以詩歌爲主流。戲劇、小說、寓言故事中，都喜歡夾入詩歌的形式。故事的葡萄藤式和戲劇的大團圓也是印度文學的傳統形式。鳥言獸語的童話寓言，印度是最早的發源地。想像力豐富的神話和以巧妙貼切的譬喻來說明哲理，也都是印度人的特長。但印度小說不很發達，新式小說的流行，還是近數十年的事。

印度文學在內容方面的特點：第一是宗教感；第二是道德教訓；第三是仁愛和平；第四是人與自然的融合，這裡不能細談，但看了前面許多名作的敍述和批評，也可些少窺見一斑了。

談佛教文學

乘如、日照兩位法師在菲律賓創辦「慈航雜誌」，誠意前來邀我寫稿，我雖崇敬佛陀，但非正式的佛教徒；我雖曾在臺大師大教過印度文學，但對於佛法沒有專門的研究。只是對於印度佛教文學，有濃厚的興趣，衷心的愛好而已。我既不能辜負兩位法師的誠意，就只得在此寫一些佛教文學的介紹，來隨緣湊個熱鬧。

印度佛教文學中第一位大作家，當推馬鳴。馬鳴是大乘教的著名大師，也是印度最有名的佛教大詩人。一般學者承認他的年代在公元一世紀末年到二世紀中葉。因爲相傳他是迦膩色迦王的教師兼御前詩人。迦膩色迦王在位的年代，約當公元一二五年至一五〇年之間。證之大莊嚴論經序中說他當師事富那與脅尊者兩大德，年代也相符合。

馬鳴的作品，曾譯成中文的，有「佛所行讚」，「百五十讚佛頌」，「大莊嚴論經」，「本生鬘論」等。前兩部爲純粹的長篇頌文，後兩部則頌文兼採散文的散韻交錯體。最後一部「本生鬘論」，除其開始一部分外，已無現存梵文原本可以對照，所以有人懷疑後面的部分或者是譯者所加添。至於我國盛行的「大乘起信論」一書，題爲馬鳴所造，經今人考證，乃國人所撰述。

「佛所行讚」是長篇敍事詩，描寫釋迦牟尼的生平，自乘象入胎，直到雙樹示寂，每句每節都寫得非常優美流暢，公認是馬鳴的代表作；唐高僧義淨說這詩流布區域很廣，自五印度以至南海諸國，均有大批的愛讀者，中文本係東晉時北涼高僧曇無讖所譯。所用係五言無韻詩體，風格新穎，爲一大膽而成功的創例。全詩分二十八品、約九千三百句，凡四萬六千餘字，當時爲中國文學中所出現的第一長詩。現在大藏經本緣部中。

「大莊嚴論經」共十五卷八十九篇，中文本係東晉時譯經大師鳩摩羅什所譯，內有很多趣味濃郁的故事，深刻而生動，意義深長，令人猛省，有所憬悟。梁啓超氏稱它是一部儒林外史式的小說傑作，所以馬鳴是印度佛教文學的詩人兼小說作家。

此外沒有譯成中文的還有「孫陀利與難陀」，這是帶著很濃重的戲劇意味的敍事詩，詩中描寫孫陀利與佛陀的堂弟難陀的戀愛事跡，頗爲生動。

近年發現馬鳴也是一位劇作家。從新疆吐魯蕃發現的古籍中，呂德教授找出馬鳴所作的劇本「舍利佛所行」，此劇共九幕，內容是佛陀的兩個大弟子舍利佛與目蓮二人間的對話。這是佛教的戲劇，也是現存印度最古的一部劇本，現在已印行流傳。

如上所述，馬鳴的「佛所行讚」和「大莊嚴論經」，眞是名著的名譯，珠聯璧合，相得益彰，可稱我國譯經文學中精彩部分。茲各節錄一章，以見一斑。

一 佛所行讚出城品第五

太子處幽夜，光明甚輝耀：如日照須彌，坐於七寶座；
薰以妙栴檀，采女眾圍繞；奏犍撻婆音，如毘沙門子。
眾妙天樂聲，太子心所念。第一遠離樂，雖作眾妙音，
亦不在其懷。時淨居天子，知太子時至，決定應出家，
忽然化下來：厭諸使女眾，悉皆令睡眠。容儀不斂攝，

委縱露醜形；惛睡互低仰，樂器亂縱橫；傍倚或反側，或復似投深；纓絡如曳鎖，衣裳絞縛身；抱琴而偃地，猶若受苦人。黃綠衣流散，如摧迦尼華；縱體倚壁眠，狀若懸角弓。或手攀窗牖，如似絞死尸，頻呻長欠呿，魘呼涕流涎；蓬頭露醜形，見若顚狂人，華鬘垂覆面。或以面掩地，或舉身戰掉，猶若獨搖鳥，委身更相枕，手足互相加。或顰蹙皺眉，或合眼開口，種種身散亂，狼藉猶橫屍。時太子端坐，觀察諸婇女，先皆極端嚴，言笑心諂黠，妖艷巧姿媚，而今悉醜穢。女人性如是，云何可親近？沐浴假緣飾，誑惑男子心。今已覺我了，決定出無疑。

爾時淨居天，來下爲開門，太子時徐起，出諸婇女間，踟蹰於內閤，而告車匿言：吾今心渴仰，欲飲甘露泉，鞁馬速牽來，欲至不死鄉。自知心決定，堅固誓莊嚴。

婇女本端正，今悉見醜形；門戶先關閉，今已悉自開。
觀此諸瑞相，第一義之筌。車匿內思惟，應奉太子教；
脫令父王知，應復深罪責。諸天加神力，不覺牽馬來。
平乘駿良馬，眾寶鏤乘具，高翠長髦尾，局背短毛耳，
鹿腹鵝王頸，顏廣圓鼻瓠，龍咽臏膺方，具足驎驥相。
太子撫馬頭，摩身而告言，父王常乘汝，臨敵輒勝怨，
吾今欲相依，遠涉甘露洋。戰鬥多眾旅，榮樂多併遊；
商人求珍寶，樂從者亦眾。遭苦良友難，求法必寡朋，
單此二友者，終獲於吉安。吾今欲出遊，爲度苦眾生，
汝今欲自利，兼濟諸群萌，宜當竭其力，長驅勿疲惓！
勸已徐跨馬，理轡倏晨征。人狀日殿流，馬如白雲浮。
束身不奮迅，屏氣不噴鳴，四神來捧足，潛密寂無聲。
重門固關鑰，天神令自開。敬重無過父，愛深莫踰子，
內外諸眷屬，恩愛亦纏綿，遺情無遺念，飄然超出城。

清淨蓮花目，從淤泥中生，顧瞻父王宮，而說告離篇：
不度生老死，永無遊此緣，一切諸天眾，虛空龍鬼神，
隨喜稱善哉，唯此眞諦言。諸天龍神眾，慶得難得心，
各以自力光，引導助其明，人馬心俱銳，奔逝若流星，
東方猶未曉，已進三由旬。

二 大莊嚴論經國王聚珍寶第十五

我昔曾聞，有一國王，名王難陀。是時此王，聚積珍寶，規至後世。嘿自思惟：我今當集，一國珍寶，使外無餘。貪聚財故，以自己女，置婬女樓上，勅侍人言：「若有人齎寶來求女者，其人並寶將至我邊。」如是集斂，一國錢寶，悉皆蕩盡，聚於王庫。時有寡婦，唯有一子，心甚敬愛，而其此子，見於王女儀容瓌瑋，姿貌非凡，心甚躭著，家無財物，無以自通，遂至結病，身體羸瘦，氣息微惙。母問子言：「何患乃爾？」子具以狀啓白於母：「我若不得與彼交往，定死不疑。」母語子言：「國內所有一切錢寶，盡無遺餘，何處得

寶？」復更思惟：「汝父死時，口中有一金錢，汝若發塚，可得彼錢，以用自通。」卽隨母言，往發父塚，開口取錢，卽得錢已，至王女邊。爾時王女遣送此人並所與錢，以示於王。王見之已，語此人言：「國內金寶，一切蕩盡除我庫中。汝於何處，得是錢來？汝於今者，必得伏藏。」種種拷楚，徵得錢處。此人白王：「我實不得地中伏藏。我母示我，亡父死時，置錢口中。我發塚取，故得是錢。」時王遣人往檢虛實。使人旣到，果見死父口中錢處，然後方信。王聞是已而自思忖。「我先聚集一切寶物，望持此寶，至於後世。彼父一錢尚不能得齎持而去，況復多也？」卽說偈言：

我先勤聚集，一切眾珍寶，望齎諸錢物，隨己至後世。
今觀發塚者，還奪金錢取，一錢尚不隨，況復多珍寶？
復作是思惟：當設何方便，得使諸珍寶，隨我至後世？
昔日頂生王，將從諸軍眾，並象馬七寶，悉到於天上。
羅摩造草橋，得至楞伽城。吾今欲昇天，無有諸梯隥；
欲詣楞伽城，又復無津梁。我今無方計，持寶至後世。

時有輔相，聰慧知機，已知王意，而作是言：「王所說者，正是其理。若受後身必須財寶；然今珍寶及以象馬，不可齎持至於後世，何以故？王今此身尚自不能至於後世，況復財寶象馬乎？當設何方，令此珍寶得至後身？唯有施與沙門婆羅門貧窮乞兒，福報資人，必至後世。」

印度的辯論故事

古代印度哲學的所以發達，辯論會的盛行，亦其一因。玄奘「大唐西域記」等書中，記各教派論師辯論事甚多，茲節錄數則，彙而觀之，可見辯論會制度的大概以及辯論激烈情形的一斑。

一　如意的嚼舌自殺與世親的雪恥

「大唐西域記」卷二健馱邏國中，有記載如意論師嚼舌死於辯論會中和世親菩薩為師雪恥事曰：「超日王日以五億金錢，周於貧窶孤獨，主藏臣懼國用之匱乏，乃進諷諫。王曰：

『聚有餘給不足，非苟爲身侈靡國用。』遂加五億，惠諸貧乏，其後畋遊，逐豕失踪，有尋知迹者償一億金錢。如意論師一俠人剃髮，輒賜一億金錢，其國史臣，依卽書記，王耻見高，心常怏怏，欲罪辱如意論師，乃招集異學德業高深者百人，而下令曰：『欲收視聽，遊諸眞境，異道紛雜，歸心靡措，今考優劣，專精遵奉。』曁乎集論，重下令曰：『外道論師，並英俊也，法門法衆，宜善宗義，勝則崇敬佛法，負則誅戮僧徒。』」

「於是如意詰諸外道九十九人，已退飛矣，下席一人，視之蔑如也，因而劇談，論及火烟。王與外道，咸諠言曰：『如意論師詞義有失，夫先烟而後及火，此事理之常也。』如意雖欲釋難，無聽鑒者，耻見衆辱，錯斷其舌，乃書誡告門人世親曰：『黨援之衆，無競大義，群迷之中，無辯正論。』言畢而死。」

「居未久，超日王失國，與王膺運，表式英賢，世親菩薩欲雪前耻，來白王曰：『大王以聖德君臨，爲含識主命，先師如意，學窮玄奧，前王宿恨，衆挫高名，我承導誘，欲復先怨。』其王知如意哲人也，美世親稚操，於是召諸外道與如意論者，世親重述先旨，外道謝屈而退。」

二 少年護法的風度

卷五鉢邏那伽國中記護法菩說服外道事曰：「此國先王，枉於邪說，欲毀佛法，崇敬外道。外道眾中，有一論師，聰敏高才，明達幽微，作爲邪書千頌，凡三萬二千言，非毀佛法，扶正本宗，於是召集僧眾，令相摧論，外道有勝，當毀佛法，眾僧無負，斷舌以謝。」

「是時僧徒，懼有退負，集而議曰：『計將安出？』眾咸默然。」

「護法菩薩年在幼稺，辯慧多聞，曰：『愚雖不敏，宜以我疾應王命，高論得勝，斯靈祐也，微議墮負，乃稺齒也。』」

「尋應王命，卽昇論席，外道乃提頓綱網，抑揚詞義，其所執，侍彼異論。護法菩薩納其言而笑曰：『吾得勝矣！』外道憮然而謂曰：『子無自高也，能領語盡此，則爲勝；順受其文，後釋其義。』」

「護法乃隨其聲調，述其文義，詞理不謬，氣韻無差。於是外道聞已，欲自斷舌。護法曰：『斷舌非謝，改斬是悔。』卽爲說法，心信意悟。王捨邪道，遵崇正法。」

同卷靳索迦國中又記載護法於七日中摧伏小乘一百論師之處。

三　提婆的再響鐘聲

卷八摩揭陀國中記提婆菩薩摧伏外道，恢復僧寺鐘磬聲的故事，謂阿育王在葉氏城東南所建僧寺鷄園有大塔名阿摩落迦，「阿摩落伽窣堵波西北故伽藍中，有窣堵波，謂建犍椎聲。初此城內伽藍百數，僧徒肅穆，學業清高，外道學人，銷聲緘口，其後僧徒相次殂落，而諸後進，莫繼前修。外道師資，傳訓成藝，於是命傳召侶，千計萬數，來集僧坊，揚言唱曰：『大擊犍椎，招集學人，群愚同止，謬有扣擊。』」

「遂白王請校優劣，外道諸師，高才達學，僧徒雖眾，詞論庸淺。外道曰：『我論勝，自今已後，諸僧伽藍，不得擊犍椎以集眾也。』王允其請，依先論制，僧徒受恥，忍詬而退，十二年間，不擊犍椎。」

「時南印度那伽閼剌樹那菩薩（唐言龍猛）幼傳雅譽，長擅高名，捨離欲愛，出家修學，深究妙理。有大弟子提婆者，智慧明敏，機神警悟，白其師曰：『波吒釐城（卽華氏城），諸學人等詞屈外道，不擊犍椎十二年矣，敢欲摧邪見山，然正法炬。』龍猛曰：『波吒釐城外道博學，爾非其儔，吾今行矣。』提婆曰：『欲摧腐草，詎必傾山？敢承指誨，黜諸異學。大師立外道義，而我隨文破析，評其優劣，然後圖行。』龍猛乃扶立外義，提婆隨破其理，七日之後，龍猛失宗，已而難曰：『謬詞易失，邪義難扶，爾其行矣！摧破畢矣！』

「提婆菩薩夙擅高名，波吒釐城外道聞之也，卽相召集馳白王曰：『大王昔紆聽覽，制諸沙門，不擊犍椎，願垂告命，令諸門候，鄰境異僧，勿使入城，恐相黨援，輕改先制。』王允其言，嚴加伺候，提婆既至，不得入城，聞其制令，便易衣服，卷疊袈裟，置草束中，褰裳疾驅，負戴而入。既至城中，棄草披衣，至此伽藍，欲求止息，知人既寡，莫有相舍，遂宿犍椎臺上，於晨朝時便大振擊，眾聞伺察，乃昨客遊苾芻。諸僧伽藍傳聲響應，王聞究問，咸推提婆。提婆曰：『夫犍椎者，擊以集眾，有而不用，懸之何爲？』王人報曰：『先時僧眾，論議墮負，制之不擊，已十二年。』提婆曰『有是乎？吾於今日，重聲法鼓。』使報王曰：『有異沙門，欲雪前恥。』王乃召集學人而定制曰：『論失本宗，殺身以謝。』於是外道競陳旗鼓，諠談異義，各曜詞鋒。提婆菩薩既昇論座，聽其先說，隨義析破，曾不浹辰，摧諸異道。國王大臣，莫不慶悅，建此靈基，以旌至德。」

上文中所謂「犍椎」，卽鐘磬木魚之類；「伽藍」卽寺院；「窣堵波」卽塔；「苾芻」卽比丘，指佛教男信徒之出家者。

四　德慧與摩沓婆的論辯

卷八摩揭陀國中又記德慧菩薩摧伏外道之事曰：「初，此山中有外道摩沓婆者，學窮內外，言極空有，名高前烈，德重當時，君王珍敬，謂之國寶，臣庶宗仰，咸曰家師，鄰國學人，儔之先進。食邑二城，環居封建。」

「時南印度德菩薩幼而敏達，早擅淸徽，學通三藏，（謂經藏、律藏、論藏）理窮四諦，（四諦爲苦、集、滅、道。苦謂生老病死，集謂集聚骨肉財帛，滅謂壞滅，道謂修行）聞摩沓婆論極幽微，有懷挫銳，命一門人，裁書謂曰：『年期已極，學業何如？吾今至矣，汝宜知之！』」

「摩沓婆甚懷惶懼，誡諸門人，以及邑戶，自今之後，不得居止沙門異道。遞相宣告，勿有犯違。」

「時德慧菩薩杖錫而來，至摩沓婆邑，邑人守約，莫有相舍。逐出邑外，八大林中，林中猛獸，群行爲暴。有淨信者，恐爲獸害，乃束蘊持杖，謂菩薩曰：『南印度有德慧菩薩者，遠傳聲聞，欲來論義，故此邑主，懼墜嘉聲，重垂嚴制，勿止沙門。恐爲物害，故來相援，行矣自安，勿有他慮。』德慧曰：『良告淨信，德慧者，我是也。』淨信聞已，更深恭敬，卽出深林，止息空澤。淨信縱火持弓，周旋左右，夜分已盡，謂德慧曰：『可以行矣，恐人知聞，來相圖害。』德慧謝曰：『不敢忘懷。』」

「於是遂行至王宮，謂門者曰：『今有沙門，自遠而至，願王垂許，與摩沓婆論。』」

「王聞驚曰：『此妄人耳！』卽命使臣，往摩沓婆所宣王旨曰：『有異沙門來求談論，今已瑩灑論場，宣告遠近，佇望來儀，願垂降趾。』」

「摩沓婆心甚不悅，事難辭免，遂至論場。國王大臣，士庶豪族，咸皆集會，欲聽高談。」

「德慧先立宗義，洎乎景落，摩沓婆辭以年衰，智昏捷對，請歸靜思，方酬來難。每事言歸，及旦昇座，竟無異論，至第六日，歐血而死。」

「其將終也，顧命妻曰：『爾有高才，無忘所恥！』摩沓婆死，匿不發喪，更服鮮綺，來至論會，眾咸諠譁，更相謂曰：『摩沓婆自負才高，恥對德慧，故遣婦來，優劣明矣。』」

「德慧菩薩謂其妻曰：「能制汝者，我已制之。』摩沓婆妻知難而退。」

「王曰：『何言之密，彼便默然？』德慧曰：『惜哉，摩沓婆死矣，其妻欲來與我論耳！』」

「王曰：『何以知之？』德慧曰：『其妻之來也，而有死喪之色，言含哀怨之聲，以故知之。』」

「王命使往觀，果如所議。」

「摩沓婆論敗之後，十數淨行，逃難鄰國，告諸外道，恥辱之事，招募英俊，來雪前恥。德慧曰：『有負座豎，素聞餘論，頗閑微旨，侍至於側，聽諸高談，可與眾論。』眾咸驚駭，異其所命，時負座豎便即發難，深義泉涌，清辯響應。三復之後，外道失宗，重挫其銳，再折其翮。」

五　戒賢代師論戰

同卷又記戒賢論師論義得勝事曰：「南印度有外道，探賾索隱，窮幽洞微，聞護法高名，起我慢深嫉，不阻山川，擊鼓求論，王乃命使臣請護法曰：『南印度有外道，不遠千里，來求較論，惟願降跡，赴集論場。』護法聞已，攝衣將往，門人戒賢者，後進之翹楚也，前進曰：『何遽行乎？恭聞餘論，敢摧異道。』護法知其俊也，因而允焉。」

「是時戒賢，年甫三十，衆以其少，恐難獨任，護法乃解之曰：『有貴高明，無云齒歲，以今觀之，破彼必矣』逮乎集論之日，遠近相趨，少長咸萃，外道弘闡大猷，盡其幽致，戒賢循理責實，深極幽玄，外道詞窮，蒙恥而退。」

六　赤泥寺興建史

卷十羯羅拏蘇伐剌那國記赤泥寺建造的歷史曰：「初此國未信佛法，時南印度有一外道，腹錮銅鍱，首戴明炬，杖策高步，來入此城，振擊論鼓，求欲論義。或人問曰：『首腹何異？』曰：『吾學藝多能，恐腹折裂，悲諸愚闇，所以持照。』時經旬日，人無問者，詢訪耄參，莫有其人。王曰：『合境之內，豈無明哲，客難不酬，爲國深恥，宜更營求，訪諸幽隱。』或曰：『大林中有異人，其自稱曰沙門，強學是務，今屏居幽寂，久矣於茲，非夫體法合德，何能若此者乎？』王聞是已，躬往請焉，沙門對曰：『我南印度人也，客遊止此，學業膚淺，恐非所聞，敢承來旨，不復固辭，論義無負，請建伽藍，招集僧徒，光讚佛法。』」

「王曰：『敬聞，不敢忘德。』」

沙門受請，往赴論場。外道於是論其宗致，三萬餘言，其義遠，其文博，包含名相，網羅視聽。沙門一聞究覽，詞義無謬，以數百言，辯而釋之，因問宗致，外道詞窮理屈，杜口不酬，既折其名，負恥而退。王深敬德，建此伽藍，自時厥後，方弘法教。」

七　賢愛摧伏外道的經過

卷十一摩臘婆國記賢愛摧伏外道事曰：「昔此邑中有婆羅門，生知博物，學冠時彥，內外典籍，究極幽微，曆數玄數，若視諸掌，風範清高，令聞遐被，王甚珍敬，國人宗重，門人千數，味道欽風。每自言曰：『吾爲世出，述聖導凡，先賢後哲，無與我比，彼大自在天，婆藪天，那羅延天，佛世尊者，人皆風靡，祖述其道，莫不圖形，競修祇敬，我今德踰於彼，名擅於時，不有所異，其何以顯？』遂用赤旃檀刻作大自在天，婆藪天，那羅延天，佛世尊等像，爲座四足，凡有所至，負以自隨，其慢傲也如此。」

「時西印度有苾芻跋陀羅樓支，唐言賢愛，妙極因明，深窮異論，道風淳粹，戒香郁烈，少欲知足，無求於物，聞而歎曰：『惜哉！時無人矣，令彼愚夫，敢行兇德。』於是荷錫遠遊，來至此國，以其宿心，具白於上，遂設論座。告婆羅門，婆羅門聞而笑曰：『彼何人斯，敢懷此志？』命其徒屬，來就論場，數百千眾，前後侍聽。」

「賢愛服弊故衣，敷草而坐，役婆羅門踞所持座，排斥正法，敷述邪宗。苾芻清辯若流，循環往復，婆羅門久而謝屈，王乃謂曰：『久濫虛名，罔上惑眾，先典有記，論負當戮。』欲燒鑪鐵，令其坐上，賢愛慨之，乃請王曰：『大王仁化遠洽，頌聲載途，當布茲育，勿行殘酷。』王令乘驢，遍告城邑，婆羅門恥其戮辱，發憤歐血。」

八　提婆與羅漢論義

看了以上幾則記載，我們可以知道古代印度，各教之間的辯論，是何等的猛烈。各國國王推尊論師，較論勝利，可得食邑，其教即推行該國，較論失敗，每多戮辱，而國王雖不之懲，敗論者亦往往斷舌歐血而死。諸凡論鼓、論場、論座，似亦均有定制，而同教之中，亦往往有論辯以定優劣者，茲再錄卷十珠利邪國記提婆菩薩與羅漢論義一節如下：

「提婆菩薩聞此伽藍有嗢咀羅阿羅漢，得六神通，具八解脫，遂來遠尋，觀其風範，既至伽藍，投羅漢宿，羅漢所居之處，惟置一床，提婆既至，無以爲席，乃聚落葉，指令就坐，羅漢入定，夜分方出，提婆於是陳欵請決，羅漢隨難爲釋，提婆尋聲重質，第七轉已，杜口不酬，竊運神通力，往覩史多天，請問慈氏，慈氏釋因而告曰：『彼提婆者，曠刧修行，賢刼之中，當紹佛位，非爾所知，宜深禮敬。』如彈指頃，還復本座，乃復抑揚妙義，剖析微言。提婆謂曰：『此慈氏菩薩聖智之釋也，豈仁者所能詳究哉？』羅漢曰：『然，誠如來旨。』於是避席禮謝，深加敬歎。」

九 循環法的論辯

不過論辯既激烈，且論辯時往往廣博無涯，無一定範圍，所以機巧的人，也往往以詭辯取勝，今再舉卷五鉢邏那伽國記提婆菩薩的循環法一節，以見一斑：「提婆菩薩自南印度至此，有外道婆羅門，高論有聞，辯才無礙，循名責實，反質窮詞，雅知提婆博究玄奧，欲挫其鋒，乃循名問曰：『汝爲何名？』提婆曰：『名天，』外道曰：『天是誰？』提婆曰：『我，』外道曰：『我是誰？』提婆曰：『狗，』外道曰：『狗是誰？』提婆曰：『汝，』外道曰：『汝是誰？』提婆曰：『天，』外道曰：『天是誰？』提婆曰：『我，』外道曰：『我是誰？』提婆曰：『狗，』外道曰：『誰是狗？』提婆曰：『汝，』外道曰：『汝是誰？』提婆曰：『天，』如是循環，外道方悟，自時厥後，深敬風猷。」

我們知道西湖冷泉亭和飛來峯的「泉自冷時冷起，峯從飛處飛來。」的對聯，是從僧徒們的「從來處來，到去處去。」的滑頭答案中脫化而來，而這滑頭答案，是承襲著印度巧辯之風的了。

印度奇后傳

印度奇后者，蒙古王朝五世帝沙傑罕之皇后泰姬瑪哈兒也，泰姬，波斯人伊德梅特烏特陶拉之女孫；而伊德梅特之幼女奴傑罕，亦奇后也。

一五七三年頃，伊德梅特以家道中落，居波斯不得意，日益貧困，乃攜妻女及二子一女，騎驢來印度，投奔阿克拜大帝，絕糧沙漠中，飢渴不能行，而其妻又臨盆，產一女，笑容如朝日，名之曰彌兒，以母飢無乳，不得已棄之道旁，適一駝隊商經其地，覩嬰兒笑容，不忍去，憐而飼以駝乳，得不死，攜之南下，仍歸其母，並厚遺之，伊德梅特得離困乏，全其家移阿格拉，爲阿克拜大帝充下僚。

彌兒既髫齡，秀外慧中，伶俐善言，惹人愛憐，大帝特許出入宮禁。嘗與太子沙零放鴿同戲，太子愛慕之，及長，太子欲娶之，大帝素主印回通婚，又以彌兒賤，不許，爲娶印教公主喬特蓓，而遣嫁彌兒，擢其夫休爾阿富汗爲步特汪守。

休爾阿富汗勇武有力，曾持刀殺猛虎，一擊而仆，號曰殺虎將，彌兒既嫁，英雄美人，兩相愛悅，彌兒少讀波斯文，長文藝，所作詩婉麗可誦，至是從其夫學騎射，又嫻習武事，嘗與其夫出獵山中，數獲虎，其後育一女，漸罷獵。

一六〇五年，阿克拜大帝崩，太子嗣位，是謂傑罕基，是時，彌兒年已三十許，而傑罕基不忘舊事，既卽位，遣郭白定可汗諭彌兒入宮，休爾拒之，被殺，強迎彌兒入京，傑罕基欲后之，彌兒不可，怨其殺夫，不與言，不之見，爲其夫服喪歷六載，而傑罕基殷勤慰問，愛護備至，六載如一日，彌兒終許嫁，既婚，傑罕基名之爲奴傑罕，意卽世界之光也。

傑罕基好飲，知奴傑罕能，委以國政，日以飲酒爲樂，人或詢之，輒曰：「得后如此，使朕能擺脫俗務，日流留於杯中，是亦帝王之最樂者矣！」英王詹姆斯一世遣湯麥斯羅來印洽商務，覲見傑罕基，傑罕基賜之飲，與之爲酒友，比談商務，傑罕基止勿言，使詢於后，湯麥斯逕與后商，成約而去。

奴傑罕既爲后，擢其父爲相，求駝隊商賞賜無數，及駝隊商死，又爲之營葬，一六二二年，后父卒，后以其兄阿薩夫可汗繼父職，奴傑罕曰：「駝隊商與我有一日之恩，尙厚葬之，況余父乎？」因請於帝，爲之營巨冢，初擬建金銀墓，綴以珠寶，恐盜竊，改用白色玉石，而以采石鑲嵌成圖案，五色繽紛，華美比於王宮。

后擅權久，諸將有叛者，奴傑罕騎象引兵敉平之，而印后喬特蓓所生子沙傑罕亦叛，天下騷動，一六二七年傑罕基崩。翌年一月，沙傑罕以兵入京繼位，葬其父於拉河，奴傑罕之子及前夫所生女均被殺，奴傑罕不勝悲痛，走拉河守帝陵，服喪不出，凡十八年而卒，合葬拉河。

伊德梅特相冢之經營，歷時共六載，傑罕基辭世之年，相冢竣工，奴傑罕之母及二兄一嫂均附葬，後三年，遂有沙傑罕爲其后建泰姬陵之事，泰姬卽奴傑罕兄阿薩夫之女也。

泰姬瑪哈兒以一五九二年生，少沙傑罕一歲，原名阿瓊曼朋裴琴，一六一二年嫁沙傑罕後，沙傑罕名之爲蒙泰慈瑪哈兒，意卽王宮之冕，其後印人省稱之曰泰姬瑪哈兒，或僅稱泰姬焉。

泰姬性慈淑，貌婉孌，能詩善畫，長音樂，沙傑罕愛之異常，不可一日離，雖行軍巡遊，必與俱，泰姬有言，亦無不聽，蒙古皇帝每多暴猛，嗜殺掠，而沙傑罕以泰姬故行仁政。

泰姬多產，前後育八男六女，成長者男四女三，泰姬以生育頻繁，體孱弱。一六三〇年沙傑罕南征班師，返抵步享堡，泰姬以產兒死帳中，年僅三十八，臨終，沙傑罕詢曰：「卿若不起，我將何以示我愛？」泰姬曰：「如陛下仍愛妾於地下，能不再娶，並爲妾建巨墓，以妾名名之，使妾名得永留人世，則於願足矣！」沙傑罕含淚頷之，竟徇泰姬遺言，與造一舉世無雙之偉大藝術建築，至今尙存，與埃及金字塔及中國長城並爲世界七奇之一，卽世人所稱泰姬瑪哈兒是也。

泰姬陵在阿格拉城郊，背臨瓊那河，墓門高大，陵園深廣，其寢宮內外，全以純白大理石琢成，鑲嵌五色寶石，花紋精美，寢宮高二百四十三呎有奇，四面設大拱門，旁綴小拱門二十四，頂作圓形，四小頂繞之，四隅華表作柱形，爲有頂之三層高塔，略低於寢宮，可以登眺遠景，一宮四柱，高聳雲霄，通達晶瑩，澈人心肺，倒影映水中，上下相接，其美妙更無可比擬，誠天下奇觀，各國人士之來印度者，必枉駕一遊，每當花晨月夕，遊客麕集，或攝以鏡頭，或發爲吟詠，往往徘徊不能去，印語之泰姬歌，至今流傳全印，人人能唱云。

沙傑罕建造后陵，采石採運各國，工匠二萬人集於四方，費時凡二十餘年，耗資達五百萬盧比之鉅，既成，更擬於瓊河彼岸，運黑石自建皇陵，與白石坟雙聳水濱，乃禍起倉卒，竟被其子幽囚，齎恨以歿，僅合葬后陵。

沙傑罕自泰姬死後，不語不食，但默坐流淚者幾一月，終其身，鰥居不娶，遇節日，宮女競新裝，或歌舞，卽避去，每七日則披白衣自后陵獻花，撫石流涕不去，傾國傾城，佳人難得之句，不啻爲沙傑罕詠也。

一六五八年奧蘭齊伯卽帝位於德里，幽囚其父於阿格拉古堡堵塞其門，不許人出入，沙傑汗既不得復出，乃日在望陵台眺望后陵，度其殘年。彌留之夜，沙傑罕病榻翹首，就月光中向后陵凝望良久，長歎而絕，時一六六六年一月二十二日也；距泰姬香殞已三十有六年矣。

讚曰：蒙古王朝四世五世，均以兵叛父，而俯首聽命於婦人，四世委國柄，五世行仁政，抑美色之移人？亦婦德之足以相夫也，若彌兒之重報恩，傑罕基侍之六年以待，泰姬之善柔人，沙傑罕思之三紀不衰事則奇矣，豈偶然哉？武后楊妃，何足比擬？然向使姑姪之不遇二帝，貴爲皇后，則后陵相冢，又安得巍然河濱，至今爲天下奇耶？至於我之築長城，而印度建巨坟，此又當爲被治異族者悲也。

一九四六年十月二十四日
印度之點燈節初稿於新德里

印度的廣寒宮——泰姬陵

月下驚豔

遊印度泰姬陵的人都是選定月白風清的夜晚前去的，而初遊泰姬陵的人也總有月下驚豔的感覺。你若不信，我舉兩個實例出來給你證明：

羅家倫先生遊泰姬陵詩八首之七云：「珠衫翠珥共徘徊，照影琉璃八面開；更借月華添薄暈，明姬端的降階來。」

前英國駐華大使館文化聯絡員蒲樂道的「遊印度的印象」中說：「這建築物太著名了，遊客是很可以預備失望的。可是這泰姬紀念塔，無論如何是不會叫人失望的。我在月光下第一次看到它，這是一樁我永不會忘懷的經驗。這建築物完美的輪廓，光潔的大理石，在月色浸潤下，幾乎像一個發光體般，整個建築物在前面人造湖內的倒影，其美麗祇有親眼睹後才能相信。有不少男人，曾為婦女的美麗而發狂。在那邊，我才初次看到建築物的美麗如此炫耀奪目。它在我胸中所攪起的情感，幾乎與一個最美麗的女人所可能攪起的同樣地猛烈。我對於泰姬紀念塔，不願再說什麼了，因為沒有恰當的文字可用以描寫它，而圖畫也同樣地無能為力。」

悽豔故事

泰姬陵是美麗的，而泰姬本身更是美麗，如果印度沒有這位絕世佳人，那會有此舉世聞名的美麗建築物呢？而且我們一想到泰姬陵，便會聯想到沙傑罕和泰姬的一段悽豔故事，也便會想起了詩人泰戈爾的名句：「沙傑罕啊！你容許你帝王的權力消失，你卻願望著一滴愛之淚珠，永恆不滅。」

泰姬是印度蒙古王朝五世帝沙傑罕的美麗皇后，原名阿瓊曼朋裴琴，公元一五九二年生，二十歲時嫁給沙傑罕，沙傑罕給她取一個名號叫「蒙泰慈瑪哈爾」，意思是「王宮之冕」，後來印度人省稱爲「泰姬瑪哈爾」，或者只稱「泰姬」。

泰姬非但貌美，又能詩善畫，長於音樂，沙傑罕十分寵愛她，簡直連一天都不能離開她，所以連出征和巡遊，都把她隨身帶了走。可是「自古紅顏多薄命」，泰姬在十八年中，給沙傑罕生了十四個小孩，八個男的，六個女的，這樣多產，終於在一六三〇年沙傑罕南征班師途中，在軍帳中難產而死。泰姬死時還只有三十八歲。

當泰姬彌留之際，沙傑罕急得什麼似的，對她說：「我這樣的愛你，你死了叫我怎麼辦呢？」泰姬說：「如果你眞心愛我的話，你不要再娶，你給我造一座大墳，作爲你對我的永久紀念，讓我的名字可以永留人世，那末，我此生無憾了！」沙傑罕含淚點頭說：「我一定遵從你的話。」他竟採運世界各國的采石，動員工匠二萬多人，費了二十多年的時間，在阿格拉城的瓊那河畔，建築了這樣一座舉世無匹的美麗大墳。全部的費用，達當時的盧比五百萬元之鉅。

沙傑罕自泰姬死後，不語不食，兀自默坐流淚，幾達一月之久。此後終身鰥居不娶，只由其長女隨侍左右。遇到節日，宮女競穿新裝，歌舞歡騰，他就避開去。每隔七天，披了白衣到皇后墳上去獻花一次，到了墳上，往往撫石流涕不去。我國「傾國復傾城，佳人難再得」之句，不啻是特地爲沙傑罕而歌詠的了。

沙傑罕原來是不喝酒的，一心施行仁政，要做一位好皇帝的，爲了排遣他悼亡的悲哀，便喝起酒來了，而且往往一飲輒醉，再無心於國政，等到用白大理石爲底的泰姬陵造好，便計畫再在瓊那河的對岸，經營一座同樣大小的黑石墳，作爲自己歸宿之處。他的兒子們見他如此不管事，便互相用起兵來，來搶奪帝位。最後第三子奧蘭齊伯獲勝，卽帝位於德里，把他的老父幽囚在阿格拉城的古堡中，不許人出入，連大門都堵塞了起來。

沙傑罕既不能出門，無法再到皇后墳上去弔祭，便只得天天在古堡的望陵臺——素馨花樓——上，遠遠眺望那河曲邊高矗的泰姬陵，以度其殘年。當他彌留之夜，他還在病榻上雙手支撑起上半身來，翹首向黯淡的月光中凝望后陵，良久良久，長歎一聲，才倒在枕上氣絕，那是一六六六年一月二十二日，距離泰姬的香殞，已經三十六年了。

黑石墳沒有造成，他死無葬身之地，他的兒子，就把他附葬在泰姬陵中。

泰姬陵在遊人的印象中已不是一座墳墓，而是夢想不到的藝術之宮，是人間的廣寒宮，它和我國的長城，埃及的金字塔齊名，是世界七大奇蹟之一。

遊泰姬陵的人，大多由印京新德里坐汽車前往，那莊嚴偉大的美麗建築物，閃耀在河畔，令人有唐明皇遊月宮之感。

印度地名的故事

因爲我曾在印度留居了將近十年，又寫了「印度歷史故事」等幾本有關印度的書，大家喜歡聽我講印度的故事。其實有許多印度的故事，早已有中文記載了，一千二百年前唐玄奘的「大唐西域記」中，便保留著不少有趣的印度故事。現在轉述三則有關印度地名的故事於下：

一 曲女城的故事

唐玄奘西遊印度時，印度各國的共主是戒日王，戒日王的國都是恆河岸上的曲女城。據玄奘「大唐西域記」所載，曲女城名稱的由來是這樣的：曲女城本名花宮，花宮中的國王，有千子百女。那時在恆河岸邊，有一入定的仙人，雙膝盤坐在那裡不知經歷了多少寒暑，已經形同枯木了。飛禽啣在他肩上的一顆果實，也長大成垂蔭合拱的大樹了。仙人雖知覺了肩上長著一棵大樹，但因鳥巢其枝，他也不忍把大樹拿掉。因此大家稱他爲大樹仙人。有一天，仙人張眼觀看風景，看見了這一百個少女在那樹林中遊戲相逐，仙人一時萌生了愛慕之心，便要求國王把這一百位公主都嫁給他。

當國王召集百女詢問時，沒有一人願意嫁給仙人的。國王憂懼仙人的威力，沒有幾天，便形容憔悴，看來像一病人了。他的最小的一個女兒便去安慰他，問父王有何心事。

國王說：「你們姊妹一百人，都不肯嫁給仙人，恐怕不日有大禍降臨了。仙人若知百女拒婚，發起怒來，連我要亡國絕祀也說不定的。」

小公主連忙謝罪說：「只爲女兒年輕無知，累害父王，既然如此，讓女兒嫁給仙人得了。」

國王大喜，便親自車送河畔。

仙人張開眼來，向這小公主一看，尚未成年，便責問其他九十九女爲何不肯嫁他。他說：「這明明是嫌我太老啊！」於是口念惡咒，把九十九女都變成腰曲背駝的醜女。

這九十九位曲腰公主留在王宮，到老無人議婚，因此無人再稱此地爲「花宮」，卻改口叫「曲女城」了。

二 獅子國的故事

錫蘭古稱獅子國。據傳古代南印度有一公主嫁給鄰國做王后，在迎親的路上，遇見一猛獅來撲，許多侍衞，嚇得拔腳便逃，卻把新娘忘記在車子裡了。獅子見到公主，把她啣入深山，天天捕鹿採果，供奉公主。公主與獅子日久相狎，與同寢處；公主懷孕，遂生一男一女，形貌像人，而力大善鬭，能徒手格殺猛獸，眞是印度的人猿泰山。

那男孩長大以後，智識漸開，詢問母親，何以父親和大家的形貌不同。經母親把與獅子匹配的故事告訴他兒子以後，兒子便要求母親一同出山。於是等獅子遠遊深山的時候，少年打頭，領著母親和妹妹二人，一共下山尋找他母親的本國。不料到達目的地，那裡已別族人做了國王，公主的本族已無一人遺留。於是三人只說流離他鄉，回來投親的。人家可憐他們，便借房子給他們住，並且捐募錢物，救濟他們。

那獅子不見了妻室子女，終日大聲吼叫，咆哮不止，四出殺人。國王徵集獵戶，帶了兵卒，親自去捕捉，還是無效。便張貼告示，招募勇士，說能殺死猛獅，爲國除害的，有重大的賞賜。那少年被飢寒所迫，便出來應募。

那時千萬大兵，屯集在山口，做少年的後衞。少年手執利刃，步入深林，獅子見兒子到來，便搖尾伏地，樂而忘怒，任憑少年一刀把它破腹流血而死。

國王聞報，大爲驚奇，威逼利誘，迫問究竟。少年只得自陳始末，國王以殺父是大逆不孝，除害是有功邦國，又恐獅子所生，獸性難馴，便周邺其母，以賞其子之功，同時預備兩條大船，裝滿糧食，叫她的兒子和女兒，各乘一船出海，隨波飄流他去，另覓生路。

那少年的船，飄到錫蘭島上，做了那裡的國王，所以錫蘭被稱爲「獅子國」。那少女飄到波斯灣裡的一海島上，建立了一個女兒國，因爲印度東北部雪山中有一東女國，所以海上的女兒國，便稱爲西女國。那獅子的女兒，便是西女國的國王。

三　王舍城的故事

曷羅闍姞利四城，意譯爲王舍城，是摩揭陀國的舊都，釋迦牟尼當時，爲傳佈佛教的重要根據地，或者竟可說是佛教的發祥地。

最初，摩揭陀國的都城在上茅宮城，簡稱茅城，因當地盛產吉祥香茅而得名。頻毘婆羅王時，茅城屢次火災，延燒民居，頻毘婆羅王便規定以後起火的人家，罰令遷往寒林棄屍之地，以爲懲戒。不料王宮中也失起火來，頻毘婆羅王便以身作則，命太子監國，自己遷居寒林。百官和民衆，因爲國王賢德，都遷居相從，居戶既多，遂築城以防寇盜，竟成新都。

這新都因爲是國王第一個築舍而居，所以稱爲「王舍城」。

論中印文化異同

錢賓四先生著「文化學大義」一書，爲學術界創立了一門最博大最重要的學科。我們大家常常談論著時間性的古代文化、近代文化，地域性的中國文化、印度文化、東方文化、西方文化，以至世界文化，而且知道文化對於人類世界的絕對重要，但文化哲學界沒有人用心去創立一門「文化學」出來，有之，則自錢先生始，把歷來多少人信奉的似是而非的種種謬見，都一掃而空了。他的方法是科學的，他的基礎是穩固的，七要素，兩類型，三階層的創見，可爲我們以後治文化學的規範。文化精神的指出，厥功尤偉。現在，我參考了錢先生的「文化學」，和「中國文化史導論」等書，試來研究中印文化的異同。

一 根本的同

由於地形的相似：中國有黃河長江等大河的流貫，印度有印度河恒河的流貫；黃河長江有涇、渭、汾、洛、漢、贛、沅、湘等支流的三角地帶，印度河恒河也有五河及瓊那河等支流的沃土，可以無限地開發農業，所以在這兩片廣大的平原上，很早便發展爲世界上人口最多的農業文化的大國，農業文化的特徵是和平而散漫，安定而保守，而農業文化的最內感處是「物我一體」「天人相應」。這在中國是「天人合一」，漢朝董仲舒的政治哲學，最足代表。就是司馬遷的「史記」，也自述要「究天人之際」。這一思想，實在歷史很悠久，在最早文獻四書五經中，都曾宣揚這一傳統觀念，所謂「天命」，就是要順天以應人。中國人對於天人相應的觀念，原有兩種類型：一種是原始型的，主張人跟天走，墨家的天志，道家的順應自然，都是這類型。另一種是進步型的，主張天心卽人心，這是儒家思想，儒家思想，原也有「易經」上原始型的法天觀念，但「尙書」上早主張「天視自我民視，天聽自我民聽」的至「孟子」而發展爲民貴君輕的思想，這是一大進步。至董仲舒而儒家思想取得正統的地位，到宋朝張載的「西銘」，最後完成了天人合一的完整的人生觀。

在印度，這是「梵我不二」的學說。印人認爲梵天以其自身創造宇宙萬物。故吾人與梵不二，梵爲大我，人身之我爲小我，吾人能清心寡慾，山林靜修，藉學問和自制的力量，可以實感梵，得到解脫而成爲神志之一部分。這學說萌芽於紀元前八九世紀的梵書時代，而完成於其後一二百年的「奧義書」中，今日詩哲泰戈爾的森林哲學，便是這一傳統思想的現代化者。

從「天人合一」或「梵我不二」兩種思想演化出來，則是「民胞物與」和「泛愛萬物」的仁愛思想。仁愛是中印兩國所共同注重的道德，而中印思想也都主張人類的性善論的，中印文化都是仁愛和平的農業文化，這是兩者根本相同處。

二　枝節的異

可是由於人口、氣候、交通等的不同，也形成了中印文化枝節上的相異。

白色的印度亞利安人在公元前二千五百年前，越過印度北部的高山隘口大批的從中央亞細亞遷移到印度河上游五河地方來，征服了文化相當高的黑色先住民，亞利安人因爲比較上人口少，而印度平原的幅員的廣闊，他們便把俘獲的大量黑人作爲奴隸來開發農牧，這樣要用少數的亞非利安人去統治多數的非亞利安，很容易像滿洲人統治中國而結果同化於漢人，所以便採用了嚴格的階級制度來區分黑白兩色。黑色的土人是首陀羅，就是奴隸階級，白色的亞利安人是奴隸主，並用宗教的力量來穩固它，用不准通婚的規定來永久維持它。有違背規定而通婚的，便世代被擯棄於社會，貶作不可接觸的賤民。後來亞利安人自身也因採世襲的分工專業制，便也形成了婆羅門的僧侶階級，刹帝利的武士階級，和吠舍的庶民階級，也同樣的蒙受了不准通婚和宗教上不平等的毒害。這樣，印度的四個階級，建造成印度民族的一座高塔，塔的上層與下層之間，無路可通，下層的要上升固無法爬上去，上層的人也永遠禁錮在塔的一層之中，如果你從窗洞裡爬上或爬下，便被推出塔外，成爲賤民。（這是當時的基本規定，當然後世仍有階級流動和更細分隔的階級分化兩種現象的對抗。）等於人體的血脈不能暢通到四肢百骸，便要手足痲木，甚至全身不遂，這是印度文化的痲痺症，印度民族的形成，全依靠宗教的教訓，所以印度的宗教最爲重要，在印度至今區分種族，還是用宗教來區分的。例如回族是回教徒，錫克族是錫克教徒，帕西族是拜火教徒。

我們中國形成民族的方式是同化少數民族。同化的方法是通婚與雜居，我們說印度民族的形成是造塔式的，那末，中華民族的形成是布網式的。周初的封建，便是把同是華夏文化的各族，分封於四方，讓他們去溶化各該地的落後民族。周朝的王室，便是一口網的中心，交通的大道，向四面延伸，通到各國，而各國國與國之間也有道路相通，可以按時朝覲與聘問。於是這樣一口交通網的完成，也就是建立了文化網，華夏文化憑此而發展。落後的蠻夷，受華夏文化的薰陶而同化，便可升為華夏民族，而溶化在華夏文化中，後來漢唐的用公主下嫁來和番，遷徙外族到長城裡面來雜居，還是周朝以來一貫的文化傳播方式，中華民族能不斷擴充，常有朝氣，這是一個重要原因。

其次，因氣候的影響，中國思想重人事，是入世的，而印度思想重解脫，是出世的。中國文化因有黃河流域地處北溫帶，比較氣候冷而雨量少，農作物的長成，比較人力用得多而時間也長，耕田要父子兄弟合作努力，水利要地方和國家來共同興修，因此倫理觀念易於滋長，國家觀念亦由倫理觀念發展出來。印度恒河流域天氣酷熱，雨量充足，播種以後，無須再多用心力，農作物很快便長成。天太熱則衣服居室都簡單，人的食量也小，所以生活容易而空閒時間多，可以不必注意人事而去空想宇宙的眞理，而且因天氣太熱，反感人生苦痛，學者都出離塵世，避居山林，所以他們的思想，都帶出世的色彩，於是出世的宗教，盛行於印度。所以中印文化雖都是農業的和平文化，都提倡仁愛，而其方式不同。

中國的方式是「推己及人」，所謂「老吾老，以及人之老，幼吾幼，以及人之幼」，這從個人的完成，而推展到家庭，從家庭推展到國家，從國家推展到天下，大學的修身齊家治國平天下，就是這種推展過程的說明。中國因最注重人事，便重視倫理與政治，而政治也建基在倫理上。代表中國倫理的是一個「孝」字。初步的孝，從孝父母做起，以求個人的宗族的綿延與繁榮，孝的推展是求國家民族以至人類社會的綿延與繁榮。這就是大孝。所以在中國人的觀念裡，天子是可以「以孝治天下」的。

印度講仁愛的方式是「捨己救人」，這由於宗教上的所謂解脫，是要超度衆生，才能得到最後的完成。溫帶地方民族的性格常是溫和的，妥協的，所以中國人主張中庸，主張適可而止，酷熱地帶的民族性格，常是熱烈的，徹底的，像釋迦甘地等的犧牲精神，也特別偉大。但因爲生活易，不必注重人事，因爲以出世爲尚，所以只有宗教的狂熱、哲學的冥想，缺少了政治的努力，不注意歷史的記載，只有神話連篇。四千多年的印度文化，連一點信實的古代史料也沒有，只好在神話中求其社會的背景，只好借重我國玄奘法顯及希臘人美加司推尼

(Megasthenes)等外國人的記載，來定歷史的年代和信實的事蹟了。這就是印度的輭腰病。因爲印度仁愛的犧牲的精神，其發動力來自宗教的熱忱，就是現代化了的甘地，終身做著政治上的革命工作，他還是說：「我不希望地上不壞的國家，我所努力的是天國，只有天國是精神上的解脫」。而以「爲民族爲人類的勤苦服務」，作爲「到達解脫的路」。所以印度民族，至今是一個宗教的民族，一切社會習俗，政治制度，文學藝術，都是建基於宗教之上的。而代表印度宗教精神的，是巴克諦(Bhakti)，就是薄伽梵歌的最後教訓，就是虔誠的一個「誠」字。這是一片至誠的心，就是宗教的熱忱。依照宗教觀點來看，出於宗教的熱忱，才有尋求眞理的舉動，才能從認識眞理中理解仁愛的德性，才能從培養仁愛的德性中而發揮出犧牲精神來。「奧義書」的沒落，終成概念的遊戲，而薄伽梵歌的巴克諦，方成行動的哲學，其關鍵卽在此。所以我們可以說中國文化的核心是倫理上的「孝」字，印度文化的核心，是宗教上的「誠」字。

還有，因爲國內交通上的不同，中國以統一爲常態，而印度以小邦爲基礎，中國因爲自封建制度以來，便注重交通網的完成，交通發達，文化流通，到秦朝而終於完成中央直轄的眞正的大統一。大一統以來，再加上「書同文，車同軌」的設施，把全國的文化統一了，交通制度統一了，更有了大規模的交通建設，為統一事業立下穩固的基礎。所以秦朝以後二千多年，漢、晉、隋、唐、宋、明以及外族入主的元、清，都是大一統的局面——三國、五代等都是短時期的局面，而南北朝和南宋，則是與外族長期抗戰的非常時期，這兩個時期的久長，所以顯得我民族性的堅靭而已。其實南朝的外族，本是我國遷入長城來預備同化的落後民族，只因我們一時消化不下，所以起出消化不良的病症來。但我們身體的元氣充足，所以經過若干年，這許多外族，結果還是同化了消溶成為中華民族的新成份。我國交通的南北大運河的開鑿，交通東西的長江的航行，以及其他水路的舟楫之便，也補助了陸路交通的不足。印度則印度河恒河的既乏航行的便利，印度人不注意政治，則陸路交通也沒有有計畫的開發，加以大沙漠的阻隔所以歷來國內交通不發達，言語文字不統一，各地成立無數小邦，很少統一局面。除孔雀王朝、笈多王朝、及戒日王時代外，常是許多小邦的並列，有如我國春秋的局面。而統一時代，也常如周初的局面，只是各小邦服屬於王朝而已。外族統治如蒙古王朝也還是如此，就是英國統治的時代，也還保留了五百幾十個土邦。可是英人統治印度的規模和開發印度的交通，卻給印度奠下了統一的基礎，所以印度一朝獨立，五百多個土邦都歸併了。

三 總結

總結以上的話，我們可列成一表；其他異同之點，這裡略而不談。

異同	要點	基本原因
根本的同	一 仁愛和平的農業文化 (中)天人合一——民胞物與 (印)梵我不二——泛愛萬物	地形相同
枝節的異	一 民族的形式 (中)布網式的封建——通婚、雜居 (印)造塔式的階級——宗教教訓	人口多寡不同
	二 文化的核心 (中)入世的倫理「孝」——推己及人 (印)出世的宗教「誠」——捨己救人	氣候寒暑不同
	三 政治的統一 (中)以統一爲常態——以文字的統一爲輔助 (印)以小邦爲基礎——以宗教的相同爲聯繫	交通情形不同

上表相異第三項的基本原因，在交通情形的不同，但窮究其源，還是由於氣候寒暑不同所發展的。所以基本的原因，都是先天的，可是後天的醫治和滋補，並加不斷的鍊鍛，也可改善先天的不足的。聖雄甘地的努力，最足代表印度新文化的茁生。他發揮印度文化固有的精神，認識了宗教狹隘性的禍害，力主印回合作，以消弭印度一千年來異教間的殘酷鬥爭。印度民族，只要緊跟著甘地的腳步，連續不懈的努力，再向前去，如果內部不生變亂，外部不受強敵的侵入，能有二十年的和平建設，印度的前途，便有把握了。

我們中國的文化比印度文化更偉大，但中國的前途怎樣呢？那要看我們對中國新文化的努力了！

一九五三年一月草於加爾各答

中國文獻中的戒日王

戒日王之世在印度歷史上稱爲最後的黃金時代。他是伐彈那王朝最有名的國王。伐彈那王朝建都於烏查因，從始祖超日王起，都奉婆羅門教。可是傳至尸羅迭多一世，卻改信了佛教，他就是戒日王的祖父。戒日王的父親名波羅羯羅伐彈那，勇敢善戰，大擴疆土。戒日王是他的次子，那時匈奴人大舉南下，波羅羯羅和太子曷羅闍伐彈那一起出兵迎敵，不幸於公元六〇四年死於軍中。於是戒日王的哥哥曷羅闍卽位於軍中，繼續與匈奴作戰，可是又爲一匈奴酋長設計殺死，於是群臣再擁戴戒日王卽位，那一年他還只有十六歲呢。

戒日王名曷利沙伐彈那，卽尸羅迭多二世。在中文記載中，大多依意譯稱他爲戒日，而印度人卻多以曷利沙（Harsha）稱他。當時印度的詩人白納（Bana），便是以寫長詩「曷利沙記事」聞名後世的。

戒日王卽位後誓志復仇，率領象軍五千，馬軍二萬，步兵五萬，先進軍佔據印度西北的馬爾華地方，再進攻北印度一帶之地。一連征戰了六年，才把匈奴趕走，把印度北部統一。公元六二〇年，更欲征服南印度，進軍到那爾巴達河畔，受挫於強悍的遮婁其軍，便班師北回，專心努力於文治，照射出古代印度亞利安人統治印度的最後光輝來。

他先將首都自塔尼斯華南遷至恆河岸上的曲女城，禮賢下士，研究施政得失。當時哲學家、詩人、畫家，都薈粹於曲女城，盛極一時。

戒日王崇信佛法，勤政愛民，曾開放國庫，廣行布施，救濟貧困，巡行印境各地，考察民情，糾正官吏的苛刻違法。他的一切設施，幾有上追阿育王郅治之概。

戒日王治世之時，適逢唐玄奘西行求法，住那爛陀寺，戒日王聞名遣使往聘，請玄奘爲論主，開辯論大會於國都曲女城，聞唐太宗神武，因與中國通使，開展出王玄策三使印度代平內亂的盛事來。王玄策事這裡不記。單把我國文獻中記載戒日王的事擇要節錄出來，讓我們知道中國人怎樣給印度歷史上的這位一代聖王保留了多少寶貴的史料。

對於戒日王與我國通使事，新舊唐書均有記載。「新唐書」曰：「天竺國，漢身毒國也。或曰摩伽陀，或曰婆羅門。分東西南北中五天竺，皆城邑數百。中天竺在四天竺之會，都城曰茶鎛和羅城。（案卽曲女城）武德中，國大亂，王尸羅逸多（卽戒日王）勒兵戰無前，象不馳鞍，士不釋甲，因討四天竺，皆北面臣之。會唐浮屠玄奘至其國，尸羅逸多召見，曰：『而國有聖人出，作秦王破陣樂，試爲我言其爲人。』玄奘粗言太宗神武，平禍亂，四夷賓服狀。王喜曰：『我當東面朝之！』貞觀十五年（六四一），自稱摩伽陀王，遣使者上書，帝命雲騎尉梁懷璥持節慰撫。尸羅逸多驚問國人：『自古亦有摩訶震旦使者至吾國乎？』皆曰：『無有！』——戎言中國爲摩訶震旦——乃出迎膜拜，受詔書，戴之頂，復遣使者隨入朝。詔衞尉丞李義表報之，大臣郊迎，傾都邑縱觀，道上焚香，尸羅逸多率羣臣東面受詔書。後獻火珠、鬱金、菩提樹。」這便是中印兩國正式國交的開始。

至於玄奘「大唐西域記」卷五羯若鞠國所記，除戒日王卽位及六年征戰，三十年治世外，並記玄奘當時親見之戒日王舉行法會盛事：「今王本吠奢種也，字曷利沙伐彈那（唐言喜增），君臨有土，二世三王。父字婆羅羯邏伐彈那（唐言光增），兄字曷邏闍伐彈那（唐言王增）。王增以長嗣位，以德治政。時東印度羯羅拏蘇伐剌那（唐言金耳）國設賞迦王（唐言月）誘請會而害之。輔臣執事咸勸進。卽襲王位，自稱曰王子，號尸羅阿迭多（唐言戒日）。於是命諸臣曰：『兄讐未報，鄰國不賓，終無右手進食之期！凡爾庶僚，同心戮力！』遂總率國兵，講習戰士，象軍五千，馬軍二萬，步軍五萬，自西徂東，征伐不臣。象不解鞍，人不釋甲，於六年中，拒五印度。旣廣其地，更增甲兵，象軍六萬，馬軍十萬。垂三十年，兵戈不起，政教和平。務修節儉，營福樹善，忘寢與食。令五印度，不得啖肉，若斷生命，有誅無赦。於殑伽河（按卽恆河）側建立數千窣堵波，各高百餘尺。於五印度城邑鄉聚，達巷交衢，建立精廬，儲飲食，止醫藥，施諸羈貧，周給不殆。聖迹之所，並建伽藍，五歲一設無遮大會。傾竭府庫，惠施群有。惟留兵器，不充檀捨。歲一集會，諸國沙門，令相推論，校其優劣，褒貶淑慝，黜陟幽明。若戒行貞固，道德純邃，推昇師子之座，王親受法。戒雖清淨，學無稽古，但加敬禮，示有尊崇。律儀無紀，穢德已彰，驅出國境，不願聞見。鄰國小王，輔佐大臣，殖福無怠，求善忘勞，卽攜手同座，謂之善友。而巡方省俗，不常其居，隨所至止，結廬而舍，惟雨三月不行。每以一日，分作三時，一時理務治政，二時營福修善，孜孜不倦，竭日不足矣。」

「初（玄奘）受拘摩羅王請，自摩揭陀國往迦摩縷波國，時戒日王方巡視在羯末嗢祇羅國，命拘摩羅曰：『宜與那爛陀遠客沙門遠來赴會。』於是遂與拘摩羅王往會見焉。」

「時戒日王將還曲女城設法會也，從數十萬眾，在殑伽河南岸。拘摩羅王從數萬眾居北岸。分河中流，水陸並進。二王導引，四兵嚴衞，或泛舟，或乘象，擊鼓鳴螺，附絃奏管，經九十日至曲女城，在殑伽河西大花林中。是時諸國二十餘王，先奉告命，各與其國髦俊沙門，及婆羅門群官兵士，來集大會。」

「王先於河西建大伽藍。伽藍東起寶台，高百餘尺，中有金佛像，量等王身。台南起寶壇，爲浴佛之處。從此東北十四五里，別築行宮。是時仲春月也，從初一日以珍味饌諸沙門婆羅門。至二十一日，王於行宮，出一金像，載以大象，張以寶幰，戒日王爲帝釋之服，執寶蓋以左侍，拘摩羅王作梵王之儀，執白拂而右侍。各五百象軍，被鎧周衞，佛像前後，各百大象，樂人以乘，鼓奏音樂。戒日王以眞珠雜寶，及金銀諸花隨步四散，供養三寶。先就寶幰，香水浴像，王躬負荷，送上西台，以諸珍寶，驕奢邪衣，數十百千，而爲供養。是時惟有沙門二十餘人預從，諸國王爲侍衞。饌食已訖，集諸異學，商榷微言，抑揚至理。日將曛暮，回駕行宮。如是日送金像，導從如初，以至散日。」

「其台忽然火起，伽藍門樓，渡焰方熾。王乃焚香禮請而自誓曰：『願我福力，禳滅火災。』卽奮身跳履門閫，若有撲滅，火盡煙消。諸王覩異，重增祇懼。於是從諸東上大窣堵波，登臨觀覽。方下階陛，忽有異人，持刃逆王。王時窘迫，卻行進級，俯執此人，以付群官。」

「是時群官惶懼，不知進救；諸王咸請誅戮此人。戒日王殊無忿色，止令不殺。王親問曰：『我何負汝，爲此暴惡？』對曰：『大王德澤無私，中外荷福，然我狂愚，不謀大計，受諸外道，一言之惑，輒爲刺客，首圖逆客。』王曰：『外道何故興此惡心？』對曰：『大王集諸國，傾府庫，供養沙門，鎔鑄佛像。而諸外道，自遠召集，不蒙省問，誠感愧恥。乃令狂愚，敢行凶詐。』於是究問外道徒屬，有五百婆羅門，並請高才，應命召集，嫉諸沙門，蒙王禮重，乃射火箭，焚燒寶台，冀因救火，眾人潰亂，欲以此時，殺害大王。既無緣隙，遂雇此人，趨隘行刺。」

「是時諸王大臣，請誅外道，王乃罰其首惡，餘黨不罪。遷五百婆羅門出印度之境。於是乃還都。」

上文戒日王所扮之帝釋，或稱天帝釋，梵文釋提桓因，即吠陀時代之諸神之王因陀羅。而拘摩羅王所扮之梵王，即大梵天王，或稱梵天，是婆羅門教之最高神。此處佛教把婆羅門教的最高神降爲釋迦佛的侍從，而印度教興起，又把釋迦佛列爲保護神的化身之一，這樣互爭門面，眞是有趣。

戒日王祖孫三代信佛，宏揚佛教，可是當時已是婆羅門教復興的時代，所以戒日王的措施，激起了婆羅門教徒的反感，而有焚台和謀刺之事。戒日王於公元六一〇年卽位，六四七年逝世，在位凡三十七年。他死後印度便又大亂，戒日王的政權，就此落入婆羅門教徒手中。大慈恩法師傳中記玄奘夢見「那爛陀寺房院荒穢，並繫水牛，無復僧侶。寺外火焚燒村邑，都爲灰燼。」夢中曼殊室利菩薩告以戒日王死後，印度將大亂。玄奘歸後，其言果驗。那末，大約當時玄奘親見五百婆羅門謀刺戒日王事，或者還有其他跡象，使玄奘感覺到婆羅門教勢力宏大，將摧毀佛教，所以有這夢中的預言了。

法顯西行伴侶正誤

晉法顯「佛國記」，記載和他同行的伴侶，前後有十人之多，可是只有道整一人，和法顯同到中天竺，後來道整留在中天竺，所以法顯回國時卻沒有伴侶了。「佛國記」中所記伴侶的踪跡，大多很清楚，可是沿途在佛鉢寺和小雪山死掉的兩人，卻名字重複，都是慧景。還有慧達的來處未敍明，慧應的去處未述及。所以武原胡震亨在跋文中說：「同行沙門，長安則有慧景、道整、慧應、慧嵬，張掖則有智嚴、慧簡、僧紹、寶雲、僧景，凡九人，至僞夷則智嚴、慧簡、慧嵬便返向高昌，至于闐王新寺則僧紹別往罽賓，至弗樓沙又有慧達與寶雲僧景還歸秦土，而慧景遂於佛鉢寺無常。則所云：『顯等三人南度小雪山』者，是道整與慧應也，何得復云『慧景不堪復進？』檢蕭梁高僧傳亦云慧景，此慧景當作慧應，將由南朝時便誤寫矣。其後道整竟留天竺。惟慧達一人不在九人之列，豈從他道相從者乎？」

胡震亨校正「佛國記」中的誤寫，以爲沿路所死兩人，一是慧景，一是慧應，這是推算得不錯的。這樣，慧應的下落也有了。可是他說慧景已死在佛鉢寺，所以凍死在小雪山上的，應該是慧應，這卻錯了。我細讀「佛國記」原文，卻應該是慧應在佛鉢寺無常，而慧景凍死在小雪山是不錯的。

現在把我的理由列舉於下：

一、慧景生病時已到那竭國，不致在佛鉢寺無常。「佛國記」中在烏萇國時便寫道：「慧景慧達道整三人先發向佛影那竭國。法顯等住此國夏坐，坐訖南下到宿呵多國。」然後從寂呵國「東下五日行到犍陀衞國，」「從犍陀衞國南行四日到弗樓沙國。」到這裡我們查點一下，與法顯同來弗樓沙國佛鉢寺的，應該是寶雲、僧景、慧應三人。因爲智嚴、慧簡、慧嵬、僧紹四人早已或返向高昌，或別往罽賓，慧景、慧達、道整三人先到那竭國去了。

到達佛鉢寺以後的記載是：「寶雲、僧景只供養佛鉢便還。慧景、慧達、道整先向那竭國供養佛影佛齒及頂骨，慧景病，道整住看。慧達一人還於弗樓沙國相見，而慧達、寶雲、僧景遂還秦土。慧景應在佛鉢寺無常，由是法顯獨向佛頂骨所，西行十六由延便至那竭國界醯羅城，中有佛頂骨精舍。」這裡記慧景等三人先到那竭國後，慧景病了，道整便停留在那裡看護他，慧達一人退還弗樓沙國與法顯相見後，慧達、寶雲、僧景三人都還中國去了。那末，慧景既沒有退到弗樓沙國來，在弗樓沙國無常的當然不是慧景了。而且看他以前記分批前進情形道：「慧景、道整、慧達先發向竭義國，法顯等欲觀行像停三月日。」以下便敍在竭義國相會道：「到竭義國，與慧景等合。」以此爲例，他寫慧景等三人先向那竭國，以後便是在那竭國相會，所以慧達一人還於弗樓沙國相見要特別提出一說。

二、在佛鉢寺無常的應該是慧應。於是我們再算一算，與法顯同到佛鉢寺的三人，寶雲、僧景兩人已回國去了，那末只有慧應一人和法顯同在那裡了，所以慧應無常，法顯只得一人獨進，追趕到那竭國慧景道整那裡去了。

三、慧景爲什麼會凍死在小雪山。法顯獨進那竭國，趕上了慧景道整兩人便在那裡住了三個月過冬，慧景的病已好，所以又三人同行，「佛國記」原文云：「住此冬五月，法顯等三人南度小雪山，雪山冬夏積雪，山北陰中遇寒風暴起，人皆噤戰，慧景一人，不堪復進，口出白沫，語法顯云：『我亦不復活，便可時去，勿得俱死。』於是遂終。法顯撫之悲號：『本圖不果，命也奈何？』後自力前，得過嶺南，到羅夷國。」想來大約慧景的病體沒有完全復元，所以寒風暴起，便竟凍死了。

四、原文只一個「景」字是衍文。以上已經把慧應在佛鉢寺無常和慧景在小雪山凍死的情形說得很清楚。而推究原文，只是傳抄時多寫了一個「景」字而大家以爲慧景在生病，所以在佛鉢寺無常的確是慧景了，不知原文「慧景應在佛鉢寺無常，」一句的「應」字原很勉強，而接下去一句「由是法顯獨進」也是不明不白，因爲道整既然看護慧景的，怎麼慧景一死，連道整也不見，剩著法顯一個人獨進了？現在我們把這一句中的衍文「景」字刪掉，不就露出正確的「慧應在佛鉢寺無常」了嗎？

五、蕭梁高僧傳可作旁證。胡震亨說：「檢蕭梁高僧傳，亦云慧景，此慧景當作慧應，將由南朝時便誤寫矣。」其實蕭梁高僧傳並未誤寫，凍死在小雪山的確是慧景，蕭梁高僧傳的這一點，卻正證實了我的推考是正確的了。

至於慧達的出現於「佛國記」，是在于闐，那末，法顯大約是在于闐遇到慧達的，究竟是慧達先到于闐，還是法顯先到于闐，還是慧達從他道而來，則我們無從推究，也不必推究了。

玄奘曲女城之會

一

唐僧玄奘西行求法，於貞觀五年（公元六三一）抵中印度摩揭陀國（Magadha，即今印度 Patna），就在那爛陀（Nalanda）寺，從世親菩薩嫡傳大德戒賢（Silabhakra）法師研習教理，首尾五年，嗣後遍遊印度東部、南部、西部數十國，訪求各地論師，巡禮聖迹者又五年，貞觀十五年（公元六四一）重返那爛陀寺，代本師爲寺衆講授攝大乘論及唯識抉擇論，著會宗論三千頌，聲譽鵲起。

歲月踰邁，玄奘離國至此，已歷十有五年，自揣學已有成，便欲束裝東歸。不料正在這個時候，東印度迦摩縷波國（Kamaroupa）的鳩摩羅王（Koumaro）忽然遣使來到那爛陀寺，齎書戒賢說：「弟子欲見支那大德，願以發遣，慰此欽思。」戒賢認爲鳩摩羅王是不大相信佛法的人，此來邀請玄奘，恐怕還是戒日王要他去與小乘派教徒對論之故，這卻如何使得，不宜遣去。所以便對來使推托道：「支那僧意欲還國，來不及應召赴命了。」

鳩摩羅王二次派人來說：「支那高僧果欲歸國，可以先到我處暫住，再去不遲。」戒賢仍然不許。於是鳩摩羅王勃然大怒，第三次遣使來說，已經是聲色俱厲的了。

「弟子一介凡夫，染習世俗享樂，對於佛法，未知迴向，今聞外國僧名，身心歡喜，似已開豁道芽；師復不許其來，此乃欲令衆生長淪永夜，豈是大德紹降遺法，拯救沉溺之道？……

若也不來，則弟子分明已是惡人。近者，設賞迦王猶能壞法，毀菩提樹，師即謂弟子無斯力耶？必當整理象軍，雲萃於彼，踏那爛陀寺，使碎如塵。此言如日，師好試看。」

戒賢長老沒有辦法，只得對玄奘說道：「這位王爺，善心素來微薄，所以在他國內，佛法不大流行；但是自從聽得仁弟的聲名後，似已忽發深意，或許仁弟與他是宿世有緣的善友。出家人以利物爲本，今正其時，希望仁弟努力。譬如伐樹，祇要樹根砍斷，枝幹自然落地，祇要使得鳩摩羅王發生善心，則百姓從化，佛法從此弘揚。堅決違拗不去，也許會生魔障，還是仁弟你去辛苦一趟吧。」

玄奘允諾，便與來使一同前往東印。

迦摩縷波國，北與不丹接境，位於布拉馬普得拉河河濱，卽今之噶倫堡（Kalimpong）地方。大唐西域記：「迦摩縷波國周萬餘里，國大都城，周三十餘里，土地卑濕，稼穡時播……河流湖陂，交帶城邑，氣序和暢，風俗淳質，人形卑小，容貌黧黑，性甚獷暴，志存強學，宗事天神，不信佛法。……天祠數百，異道數萬。」又唐書西域傳所說印度東北境的「箇沒盧國」，大約也就是指的這方國土。當地人民，大多數是與尼泊爾等同屬蒙古系的種族，今王爲那羅延天的後裔，婆羅門種，從遠祖時代起就君臨斯土，據說「已歷千世」。王的本名爲婆塞羯羅伐摩，號鴻（拘）摩羅，我國舊稱童子王，素性好學，遠方才能之士，招集闕下者，爲數很多，雖然不甚信佛，但是對於飽學的沙門，一樣敬重。

玄奘既到該國都地，國王大喜，親率群臣出迎，延入王宮，每日以音樂、香花、齋膳供養，非常執恭有禮。

「大唐西域記」載錄他們會面時的一番說話：

王：「我雖不才，但是常慕高學，耳聞盛名雅譽，敢事延請。」

奘：「寡能偏智，猥蒙過聽。」

王：「好哦，大德慕法好學，不顧一身安危，踰越重險，遠游異國，實在敬服之至。到底貴國明王化治，國風尚學。現在印度各國很流行摩訶震旦國的秦王破陣樂，我亦聞名已久，這就是大德的祖國嗎？」

奘：「是的，這是一闋稱頌大唐今天子（太宗）之武勇的樂章。」

王：「不料大德就是從這上國來的高僧，我欽慕風化，東望已久，可惜山州道阻，無由自致。」

鳩摩羅王言下非常感慨，玄奘便說：「我皇上聖德遠洽，仁化萬方，各國拜闕稱臣的很多。」

鳩摩羅王便說：「大國皇帝覆載所被，我眞希望能有朝貢的機會。」

這番說話，在日後唐代與西方國家的通交關係上，發生極良好的影響。

在迦摩縷波國的王宮裡，轉瞬間已過了一個月時間。玄奘歸心如箭，聽當地土人說：從此地到蜀中西南邊境，不過兩月路程；但是，蠻荒未闢，道路險惡，瘴氣和毒蛇毒草，漫山遍野皆是。他卻又動身不得。

二

果然不出戒賢長老所料，戒日王征伐恭御陀國歸來，引兵競伽（Ganges，卽恆河）河岸時，隨卽聽到了玄奘已在鳩摩羅處的消息。他說：「我頭可得，法師未可卽來。」使者回去傳言，戒日王自然大怒，對近臣說道：「鳩摩羅簡直對我輕侮，如何爲了一個僧人，說出這樣的麤話來。」於是，再另派使者去對鳩摩羅王說：「汝言頭可得者，卽宜付使將來。」——鳩摩羅王至此便又不得不大爲恐慌起來，去與玄奘商量，同往參謁戒日。

這樣的經過，「大唐西域記」未載。卷十伽迦摩縷波國條記鳩摩羅王對玄奘所說的只是：「今戒日王在羯朱嗢祇羅國將設大施，崇樹福慧，五印度沙門，婆羅門有學業者，莫不召集，今遣使來請，願與同行，於是遂往焉。」又同書卷五羯若鞠闍國條，記曰：「初受拘（鳩）摩羅王請曰：『自摩伽（羯）陀國往迦摩縷波國。』時戒日王巡方在羯朱嗢祇羅國，命拘摩羅王曰：『宜與那爛陀遠客沙門速來赴會。』於是遂與拘摩羅王往會見焉。」

這兩種說法，慈恩寺傳的內容雖然充滿著傳奇的趣味，然而回顧戒賢的預料，戒日王當日的地位與威力，不能不使人懷疑慈恩傳不免有點渲染溢份。

鳩摩羅王整備象軍二萬，舟三萬隻，與玄奘同行溯布拉馬普得拉河而入恆河。既抵羯朱嗢祇羅國境，先於大河北岸建樹營幕，安置玄奘。戒日王大營在恆河南岸，鳩摩羅王乃先率隨臣渡河參見。

「那爛陀寺遠客沙門何在？」戒日王一見面就問。

「在某行幕。」鳩摩羅王回答。

「何不來此。」

「大王欽賢愛道，豈可遣彼就此參王。」

「好，你且回去。某明日自來。」

鳩摩羅王歸來後對玄奘說：「大王雖然說是明天，恐怕今天夜裡就會來的，仍須候待。到時候，法師，你且不必舉動。」

「玄奘依照佛法，理應如是。」

是夜，一更時分，人來報告：「大河中有數千火炬燭光行來，同時聽得有步鼓的聲音。」

「哦，這是戒日王來了。」鳩摩羅王立卽吩咐侍從擎燭，親率諸臣往河岸迎駕。原來戒日王出行時，必須有數百金鼓手編隊隨扈，王行一步，擊鼓一響，制爲一定儀式，稱「節步鼓」，其餘國王不准仿行。

威服全印的戒日王，對玄奘執禮甚恭，照佛教規矩，匍匐在法師足下頂禮，散花瞻仰，稱「無量頌」。然後問玄奘道：「法師從那國來？」

「從大唐國來，請求佛法。」

「大唐國在那個方面？離此路途遠近？」

「當此東北數萬餘里，卽印度所謂摩訶震旦者是。」

「哦，我早聽說摩訶震旦國有秦王天子，頗行善政；並且也聽過秦王破陣樂的歌章，所謂大唐者，也就是秦王之國嗎？」

「震旦者，古代的國號，而今曰唐。唐之今天子在卽位以前，稱秦王。」

「好哦，那地方蒼生有幸，福感聖主。……弟子今且告辭，明日奉迎，還請勞駕。」

玄奘與戒日王的會見，時在貞觀十六年（公元六四二）中。「新唐書」中天竺國傳記其事，有曰：

……國大亂，王尸羅逸多（戒日 Ciladitya 之音譯）勒兵，戰無敵，象不解鞍，士不解甲，討四天竺，皆北面稱臣，其後唐之浮屠玄奘至其國，尸羅逸多召見曰：汝國有聖人出，作秦王破陣樂，試為我言其人。玄奘為言太宗神武，平定禍亂，四夷賓服之狀，王喜曰，我當東面朝之。

就由於與玄奘這一回晤談爲基礎，翌年，戒日王卽遣使上書太宗，自稱摩伽（揭）陀王。唐太宗也卽派雲騎尉梁懷璥持節撫慰。梁使至，戒日王驚問國人曰：「自古有摩訶震旦使者至吾國乎？」左右都說，「從未有過」。他卽出迎膜拜，受詔書，復遣使者隨同入朝。太宗後來又派衞尉丞李義表赴印報聘，至則大臣郊迎，士民傾巷縱觀其盛，戒日王率群臣東面受詔。這一幕交睦鄰封的動因，不得不推許係得力於玄奘以一留學僧人的身份當初所作的貢獻。

三

翌朝，戒日王使者來，迎玄奘及鳩摩羅王共渡恆河，至行宮附近，王與門下僧侶二十餘人一起出迎，招待入宮。宮內備陳珍美素齋，作樂，散花供養畢。戒日王問：

「聽說法師曾作制惡見論，此書何在？」

「現有攜來。」玄奘卽席取書上陳。戒日王卽在當場細讀一遍，容色顯露滿心喜悅的模樣。一面回顧他那班門師說道：「弟子聞：日光旣出則螢燭奪明，天雷震音而鎚鑿絕響，師等所守宗說，都已被他破訖；現在試可救看。」

在座那班小乘派的和尚，竟沒有一人敢站起來說話。於是，戒日王繼續說道：

「師等上座提婆犀那法師，向來自稱解冠群英，學賅眾哲，時常毀謗大乘；但是這次一聽到這位遠客大德到來，他便藉口往吠釐（Vaisali）去參禮聖蹟，托故潛逃了。從這時起。我就見得你們眞是無能。」

戒日王座後，坐着一位貴婦人，從她底容貌儀態，都可看出是個絕頂聰明的女性。她側耳靜聽玄奘敍述大乘教理的閎達、深微，破說小乘教派之處處顯得局淺，似乎非常領會，時時流露出歡喜讚歎的表情。她是戒日王的妹妹，本是深通小乘正量，（卽數論派Smkhya）理論的才女。

「師論大好，弟子與此間諸法師俱皆信服。但恐其他各國的小乘外道，仍在墨守愚迷，我希望在曲女城爲師作一場法會，命五印度境內沙門、婆羅門、外道都來參加，示以大乘微妙之理，令彼等增長智慧。」

戒日王就在當天，分遣使者勅告諸國：「凡各教派，咸集曲女城，聽震日國法師論道。」

是年多初，玄奘卽從戒日王溯恆河而上。河之南岸爲戒日王號稱數十萬眾的大軍，沿河扈從；河之北岸，爲鳩摩羅王的數萬軍眾，隨舟前行。分河中流，水陸並進，兩王親自衞護着玄奘，放舟中流，所有侍衞、軍隊，或乘船，或乘象，擊鼓鳴螺，拊弦奏管，威儀壓境，浩蕩前行。凡歷九十日，纔到曲女城下。

曲女城，本名羯若鞠闍國（Kanyakoubja），卽今之卡奴機城（Kanauj），國周四千餘里，都城西臨恆河，其長二十餘里，廣四五里。「城隍堅峻，臺閣相望，花林池沼，光鮮澄鏡。異方奇貨，多聚於此。……氣序和洽，風俗淳質，容貌妍雅，服飾鮮綺，篤學游藝，談論清遠。」玄奘口授西域記所述如此，可見此一城市當時的文化程度，已經很高。

據傳說，羯若鞠闍國人，都很長壽，舊王城本號花宮（拘蘇磨補羅）後來改稱「曲女城」的由來，卻包含着一個極美的故事：

昔王梵授，是個文武兼資的明主。他有一百個女兒，個個生得儀貌妍雅，俊逸非凡。

當時有個仙人，住在恆河之濱，棲神入定，經數萬年，形如枯木，飛鳥在他肩上遺落尼拘律果，寒來暑往，竟然生根發芽，長成了一株垂蔭合拱的大樹。仙人從「定」中起來，爲了不忍傾覆鳥巢，所以並不毀拔此樹，人稱：「大樹仙人」。

仙人游目河濱，遠眺林薄，遙見梵授王諸女在那兒游戲，一時欲界染着愛心，便往叩謁宮門，向梵授王請求婚事。王遍問諸女，沒有一人肯應大樹仙人之聘。但是，仙人威力很大，倘然因此瞋怒，一定可以使他們毀國滅祀，辱及先王。他只自憂愁焦灼，無計可施。這時候，他那最小的一個女兒問知其中原委，便慨然答應：「既然如此，我願以此微軀，解救父王的困難，綿延國祚。」梵授王大喜，親自送這最小的女兒下嫁大樹仙人。不料仙人一看，勃然大怒：「你太輕視我這老漢，所以纔把這最不漂亮的小女兒許配與我。」他就發出惡咒：「九十九女，一時腰曲」。

梵授王回宮驗看，諸女皆已腰傴背駝，畢生不能嫁人。從此以後，這座舊名花宮的王城，就改稱「曲女城」了。

戒日王，鳩摩羅王和玄奘等一行到達曲女城時，五印度境內十八個小國的國王都早已先到了，大小二乘的佛僧三千餘人，婆羅門以及尼軋（耆那教 Jainism）外道二千餘人，還有那爛陀寺僧也有一千多人前來參加，與會者都是各地飽學能言之士，再加上各人的從者，會眾更多，或乘象，或乘輿，樹幢立幡，成群圍駐，綿延數十里，眞有「舉袂成帷，揮汗爲雨」之盛。

四

戒日王未來之前，先已派人在恆河西岸構築草殿兩間，各可容坐一千餘人，殿東，建高達百餘尺的寶台一座，上供與王等身的黃金佛像。其南，另築寶壇，爲浴佛之場。

戒日王的行宮，在會場東北十四、五里，且在宮中鑄造金佛一軀。

這時候，早春已過，正式會期決定在四月一日開始。但自二月初一起，即以珍美飲饌連續供養所有與會的沙門和婆羅門。自行宮到會場，沿途「夾道爲閣，窮諸瑩飾，樂人不移，雅聲遞奏。」於是，從王行宮中出來，乘滿身裝飾珠寶文繡的巨象，背上張着寶帳，帳內安置三尺餘長的黃金佛像一尊，戒日王扮成帝釋天，手捧寶蓋侍於佛像之右；鳩摩羅王扮作大梵天，手執白拂侍從佛右，都頭戴天冠、花鬘、垂瓔佩玉，緩步而出。這所扮演的正是釋尊登天宮時的情狀。

二王之外，各有五百象軍，身彼鎧甲，周衞從行，佛乘前後，有一百頭大象的編隊，載着樂鼓奏音樂，另有兩頭大象滿載珍珠雜寶，金銀造花，戒日王隨行隨散，紛落四方。

玄奘領先和戒日王的門師乘大象隨行王後，各國國王、大臣、高僧等分乘三百頭巨象，在路旁分二列行進。

每天自清晨即起裝束，從行宮行至會場，至院門，各令下乘，戒日王先上寶壇，用香水沐浴佛像，然後親自背負佛像供在西方台上。各種珍寶和憍奢邪衣（野蠶絲織），堆積如山，作爲供養。其時，有二十餘名高僧及十八國王，隨王在殿充警護之任，玄奘亦在這二十餘人之列。

然後命各國高僧千餘名入，婆羅門外道有名行者五百餘人入，諸國大臣等二百餘人依次入殿禮拜。

其餘道俗人等，各令於院門外部伍安置。禮拜完畢，內外設食佛前供金槃一、金椀七、金澡罐一、金錫杖一、金錢三千、上氎衣三千、玄奘和諸高僧各有布施。

於是，設寶牀，請玄奘上座，爲論主。

玄奘首卽稱揚大乘，先以梵文序作論意，是卽有名的眞唯識量頌，交那爛陀寺沙門明賢(Vedabhakra)，大聲朗誦；另寫一份，揭示會場門外，使無法進入會場的人們都可看到。文末，寫上一行：「若其間有一字無理，能難破者，請斷首相謝。」如是至晚，靜聽玄奘講論大乘教理，並無一人發言挑戰。戒日王大喜，罷會還宮，玄奘亦與鳩摩羅王同返。

明晨復來，迎像，送引，集會均如首日。初經五天，一切順利進行，平靜無波；然而這不過是表面的情形，遭受澈底攻擊的小乘派人們，心結怨毒，而又無力公開辯難，他們暗中實在謀劃暗殺玄奘。幸已先期發覺，戒日王宣令：

> 邪黨亂眞，其來自久；埋隱正教，誤惑羣生，不有上賢，何以鑒僞。支那法師者，神

宇沖曠，解行淵深，為伏羣邪，來遊此國，頌揚大法，汲引愚迷。妖妄之徒，不知慚悔，謀為不軌，翻起害心，此而可容，孰不可恕。家有一人傷觸法師者，斬其首；毀駡者，截其舌；其欲申辭救義，不拘此限。

自此邪謀暫戢，經連續十八日的會期，仍無一人以攻破玄奘的法論。最後一天的午後，玄奘更竭力陳說大乘教義之美，讚頌佛陀的功德，令很多原來相信小乘的人改皈大乘教派。戒日王重施玄奘金錢一萬，銀錢三萬，上氎衣一百領，十八國王也都各贈珍寶。玄奘一概辭謝不受。

戒日王照該國慣例，命人將一巨象，上裝繡幢，請玄奘乘坐，由貴臣陪護，巡行街市，鳴唱告眾。凡法論告勝者向例如此，但是玄奘再三謙辭不肯，王說：「自古定法如此，事不可違。」乃載着玄奘的袈裟巡行遍唱曰：「支那國法師立大乘義，破諸異見，自十八日來無人敢與辯論，普宜知悉。」民眾一同歡呼作答，齊聲讚頌玄奘之名。

大乘派人爲玄奘立尊號曰摩訶耶那提婆（大乘天），小乘派也爲立稱號曰：木叉提婆（解脫天），燒香、散花、禮敬而去。

散會當日，大台忽然起火，會場草殿門樓，烟燄熾烈。戒日王說：「我遵先王之法，傾捨國家珍寶，建此盛會，爲求福祐，不料自身德業不足，遭此災異。咎徵如此，何以爲生。」於是焚香禮拜，禱曰：「朕以宿善，王諸印度，願以我之福力，禳滅火災。若無所感，從此喪命。」禱告畢，就奮身跳上著火的門閫，如有撲滅的異術，立時火盡烟消，經這一場擾亂之後，戒日王便更相信大乘法力的無邊了。

於是從諸王上會場東邊的大塔登臨觀覽。剛下塔階時，忽然有個男子手操白刃突襲戒日王，咄嗟間，王回身跳上二三級階坡，俯身抓住了兇手，交付侍臣。

諸王都說應該立刻殺此兇獠。而戒日王卻面無怒色，親自詢問兇手說：「我有什麼負汝之處，竟要行凶。」暴徒說：「大王德澤無私，與我並無私怨，只是誤聽外道的唆使，纔來做刺客。」

「外道爲何要起這樣的惡念呢？」

「大王召集各國國王，傾府庫供養佛僧，鎔鑄佛像。各外道都從遠方召來，又不蒙省問慰撫，心懷愧恥，所以出此下策。」

於是，召問外道。當有五百多名婆羅門來應詢，說是因爲妒嫉佛僧獨蒙禮重，所以先射火箭焚燒寶台，打算乘着救火混亂的時候，殺害大王，但是火自熄了，沒有機會，乃雇用這個人伏階行刺。」

其時，諸王及大臣請盡誅這班陰謀的婆羅門，戒日王則僅殺首惡，將那五百婆羅門教徒，驅逐出國。

五

玄奘辭別那爛陀寺時，已將所有經典佛像隨身帶來，預備由此直接取道歸國。所以曲女城法會終結後的第二天，他就向戒日告辭。然而，王說：

「弟子卽位三十餘年，常慮善行太少，所以積儲財寶，每五年一次，在鉢羅耶伽國，作爲期七十五日的無遮大施，這回是第六次會，法師何不暫留隨喜」。

「菩薩爲人，福慧雙修，智者得果，不忘其本。大王不吝財寶，玄奘豈可辭不暫留，請卽隨同前往。」

戒日大喜。至第二十一日，他們便動身前去。

鉢羅耶伽國（Prayaga），都城位於恆河與閻牟那河交流之處，大城之東，兩河交廣十餘里，地漫細沙，境界澄闊。西有大場，周圍十四五里，平坦如鏡，自古以來，諸王皆在這地方舉行施捨，故稱大施場。據傳：在該地布施一錢，功德勝於他處施捨百錢千錢。這地方又是婆羅門外道「絕粒自沉」的聖地，據說，沐浴中流，就能滌淨一生罪垢，往生天界。玄奘還看到過修練苦行的耆那教徒，在那河中樹立高柱，從清晨起爬升柱上，一手攀住柱頂，一足踏在柱邊木檔上，另一手一足懸伸空中，身子挺直，延頸張目，隨着日影右轉，至暮方下，如此勤苦不息，有歷數十年，希望出離生死者。

這次，戒日王先在大施場圍築竹籬，每邊千步，場中築草堂數十間，貯藏金銀、眞珠、紅玻璃寶、帝青珠、大青珠等，在這傍邊又築長舍數百間，貯藏憍奢耶衣、斑氎衣、金銀錢等。籬外另闢造食處，寶庫之前更作長屋百餘棟，類如當時長安的市廛，每一長屋可坐千餘人。

先經勅告五印度沙門、婆羅門、耆那、外道、貧窮孤獨的人民都來施場受施，其中有許多人在就曲女城會後直接前來受施，等玄奘與十八個國王抵達時，大施場裡道俗到者，已經有五十多萬人了。

戒日王駐營於恆河北岸，南印度王杜魯婆跋吒營於河西，鳩摩羅王營於閻牟那河南岸花林之側，受施者卽在南印度王營址之西露宿。

這一天清晨，戒日王與鳩摩羅王乘戰艦，南印度王乘象，進入會場，十八國王以次陪列。

第一日，於施場草殿內安置佛像，將最上等的寶物、衣物、珍膳上供佛前，奏樂、散花，日晚歸營。

第二日，安置日天像，供寶供衣，數量照第一日減半。

第三日，安自在天像，供奉與第二日同。

第四日，施僧，僧有一萬餘人，分百行並坐，人各金錢百文、珠一粒，氎衣一具，飲食香花供養而出。

第五番：施婆羅門，經二十餘日纔施放完畢。

第六番：施外道，十日方遍。

第七番：施遠方求者，歷時又十日。

第八番：施諸鰥寡孤獨，貧窮乞者，一月方遍。

等到全部施遍，五年所積的府庫財寶，便已完全送光，毫無遺留；祇賸象馬兵器等國防所需未捨，其餘，甚至戒日王在身的衣服、瓔珞、耳璫、臂釧、寶鬘、頸珠、髻中明珠等也都一一摘脫下來，施捨無留。

一切已盡，他只得光着身子向他妹妹索來粗弊衣服遮蔽身體，踊躍歡喜，禮拜十方諸佛，合掌言道：「快活啊，凡我所有，已入金剛堅固藏了。某願生生常具財法，等施眾生。」

無遮大施完畢以後，各國國王就自備錢物從受施大眾中把戒日王所施的瓔珞、髻珠、御服等一一贖回，用以獻王，數日之後，王身上的珍寶服用等，便又恢復了。

六

參觀過戒日王的一代盛典之後，玄奘便欲告辭。

戒日王堅決挽留，鳩摩羅王更是慇懃，他說：「法師如能常住弟子的地方，當爲法師造一百座寺院。」

經玄奘詳細解說他此行目的，在使本土眾生同霑正法，所以不得不即作歸計。經十餘日，終於獲得了戒日王的諒解，他說：

「既然如此，不敢強留，但不知法師要從何路而歸，假使法師要取道南海歸國，某當遣使相送。」

本來，這時候玄奘如從海道歸國，最爲便利；但是他在來時，曾受過高昌國王麴文泰特別的知遇和扶助，當時相約歸程一定重聚，他不肯失約，決定還從北路回去。

戒日王又問：「師須幾許資粮？」玄奘說：「無所需。」

戒日王說：「那怎麼行！」隨命施與金錢等物，鳩摩羅王也致贈許多珍寶，玄奘一概辭謝不受，只受了鳩摩羅王所贈粗毛織的曷刺釐帔一襲，擬在途中作防雨之用。

啓程之日，兩王及其他人等遠送數十里，分袂之際，嗚咽各不能已。

玄奘所帶的許多經卷，佛像，都托了參加曲女城法會的北印某國國王烏地多的護衞軍軍馬載運。戒日王知道了。便以大象一頭，金錢三千，銀錢一萬付託烏地多王，供玄奘旅途所需。

別後三日，玄奘一行後面，塵頭起處，一團騎士策馬來追。行近相見，原來就是一度告別了的戒日王，鳩摩羅王，跋吒王等再來送別，同時派遣摩訶怛羅（散官官名）四名，持戒日王寫在素氎上的書函，紅泥封印，使從玄奘分致途經各國令「發乘遞送」，至漢境爲止。

四十六年八年

唐玄奘的辯才

唐玄奘赴印求法，前後凡十七年，在印度摩竭陀的那爛陀寺留學五年。該寺爲當時印度最有名之學府，人才輩出，「大唐西域記」記當時該寺有「僧徒數千，並俊才高學」之句，而最有名的則爲「護法、護月，振芳塵於遺教；德慧、堅慧，流雅譽於當時；光友之淸論，勝友之高談；智月則風鑒明敏，戒賢乃至德幽邃。」其間護法爲戒賢之老師，而戒賢即玄奘之所從學者。玄奘在該寺辦屢次參加辯論會，摧伏外道，聲譽隆盛，升任該寺副主講。

從來東印度的迦摩縷陀國王拘賢羅聞名來請，玄奘受戒摩的勸說，便隨使應聘。到迦摩縷陀後，又受戒日王的邀請，與拘摩羅王同赴曲女城。戒日王在曲女城設論座，請玄奘做論主，主持辯論大會。唐書玄奘傳記其事曰：「王特開大會於曲女城，發敕告諸國及義解之徒，幷集聽支那法師之論。五印度中到者國王十八人，諳知大小乘僧三千餘人，婆羅門及外道二千餘人，那爛陀寺僧千餘人。設寶床，請法師坐，爲論主，稱揚大乘，序作論意，宣示大眾，言其間果一字無理，能難破者，請斬首以謝。如是至晚，無一人敢言。竟十八日，無人發論。席散，各國王珍施巨萬，師皆不受。王乃莊嚴大象，施幢，請法師乘，巡眾告唱曰：『支那國法師立大乘義，破諸異見，十八日來，無敢論者，並宜知之。』西國立法，凡論勝者如此。」

玄奘的學識，和他印度語文的精通，由此可知；而他的辯才，也的確是那爛陀寺的後起之秀了。

第二輯

讀張愛玲的「秧歌」

張愛玲的十一萬字長篇小說「秧歌」連載在「今日世界」上，我沒有能按期閱讀，現在單行本出版了，我得了從頭讀一遍的機會。我對她這本書的印象很好，我覺得這本書的出版，非但奠定了她自己在中國文學史上的新的地位，而且香港文壇的反共文學，似乎也可由她這部書而透露出一個新的傾向來。

張愛玲是在大陸沉淪後曾被關在鐵幕裡幾年才逃出來的一位過去的名作家，雖則鐵幕裡的人民到處被分隔，新聞被澈底封鎖，她住在上海，沒有能親眼目睹匪區農村的慘狀，但她的見聞畢竟比鐵幕外的人眞切。她的冷靜觀察，也幫助她了解了匪區農村的眞相。今日中國的基礎仍是農民，共匪推行的最主要的政策也是土地改革，所以她這部「秧歌」也不寫都會而專寫農村。她在「秧歌」的跋中告訴我們，她描寫的故事都是有根據的事實，沒有一件是虛構的，所以寫來一點也不過火。她採取寧缺毋濫的態度，連共匪的新婚姻法下對農村婦女的騷動並未描寫。「秧歌」的內容，只客觀地寫了共匪土地改革後掙扎在饑餓線上的匪區農民。

張愛玲的「秧歌」，文筆穩健，描寫細緻，的確是一位寫實的健者。她對江南的農村社會，農民生活，有深刻的體驗，所以寫來很能切合實際，與詩畫中美化了的江南面目迥異。我自己是在江南的農村中長大的，所以能確認這一點。

「秧歌」中的人物，寫得比較凸出的，有農民譚金根、月首、譚大娘等數人，以及共幹王霖，和電影編導顧岡等兩人。

江南小鄉村的農民仍很淳樸，貧苦的農民爲分到田地而興奮，有幸福日子將來的幻想，但他們加緊生產的收穫大部分被共匪徵糧徵去了，分到了田反過著吃粥的日子，吃那種米湯裡氽著青草的薄粥而不敢怨尤。爲適應環境，大家還要含著微笑迎接共幹，會說會話的譚大娘便會來上一套敷衍的話，她說得有板有眼，有腔有調：「咳！現在好嘍！窮人翻身嘍！現在跟從前兩樣嘍！要不是毛主席他老人家（？），我們哪有今天呀？」她永遠在「毛主席」

後面加上「他老人家」(?)的字樣，顯得特別親熱敬重。

文聯從上海派下鄉來體驗生活收集材料的電影編導顧岡一到鄉下，村幹王霖便把譚大娘作爲他的展覽品，就安排顧岡住在她家裡。住在譚大娘同一牆門裡的有「勞動模範」譚金根一家。金根的老婆月香原在上海幫傭，每月寄點錢回家貼補家用，這時都市蕭條，三年未回家的月香，在「還鄉生產」的宣傳下，也辭工回來，要過新的幸福生活。那知鄉下比從前更窮，她還了鄉再後悔已來不及了。第十章寫金根夫婦在這不能訴苦的環境下鬧彆扭的情形，寫得刻劃入微，頗見工夫。

王霖是有二十年以上黨齡的共產黨老幹部，從前在蘇北新四軍裡有過實際戰鬥經驗，但也許是因爲黨內派系鬥爭的關係，共黨得勢後他反在窮鄉僻壤做一個村幹。他曾有一位「愛人」沙明，但她因過不慣共黨那種無人性的生活，早已逃亡回家脫黨嫁人了。他沉淪下僚，反被這位靠攏的投機份子顧岡看不起，心中未嘗不鬱悶，但他仍時時警戒自己，不要「鬧情緒」。他目擊農民掙扎在饑餓線上，也無動於中，他把自己硬變成一部無思想無感情的殘酷的執行命令的機器，他仍耐心去說服農民在新年裡給四鄉的軍屬送年禮——每家攤派半隻猪，和十斤年糕，由秧歌隊帶頭吹吹打打的送上門去。於是譚大娘的丈夫譚老大不得已把辛苦養大的猪殺了，爲了殺猪撩起了他日軍隊佔領期間僞軍捉去猪玀連他兒子也帶去從此未回的舊恨，也引起了他活守寡了七年的媳婦金有嫂的啜泣。於是「勞模」譚金根被逼得和村幹王霖鬥嘴，月香怕惹禍，趕快把上海帶還誰也借不動的一點防患私蓄獻出，作爲半隻猪和炮竹的費用。這又引起了譚金根的火性子，把月香一頓打罵。勸打的譚大娘也訴著苦：「也不是你們一家的事；我們比你們還要吃虧，我們那隻猪還是送給他們了。要錢，我們拿不出來，又叫我們去向親戚借，要是借不到錢，又不知道怎樣？」她嘆了口氣，彎下腰來，掀起衣角來擦眼睛。「唉，不容易呵！今天過不到明天！」匪區的農民，就這樣在挨著被奴役被榨取的黑暗日子！

忍無可忍，沒有政治的背景，沒有任何的接引，農民們暴動的事件也會爆發的，因爲在大家把年禮挑到村公所交貨時，王霖挑剔金根的年糕斤兩不足，就嚷了起來，大家跟著起鬨，事情就鬧大了。他們要借米過年，不願有著辛苦換來的豐收，反落得餓肚子過年。於是群眾蜂擁到庫倉裡去搶米，王霖被打倒地。民兵彈壓不住，便開槍射擊，死傷了不少農民。怕事的人家，像譚老大，慌忙關門，像金根的妹妹金花一家，見死不救。王霖帶傷回去，從來不可表示頹喪的共幹，此時竟也頹然重複著：「我們失敗了，我們對自己的老百姓開搶。」

文聯派來的顧岡，因爲吃米湯熬不住饑餓，常去鎮上偷偷地買東西回來躲在房中私下吃。他沒有參加土改工作，寫不出土改的劇本，自覺羞愧，但是他會取巧，他要搶在別人的前面，他知道進行中的集體農場的初步情形也是不好寫的，因爲要把剛分到的土地又奪去，對於農民是個非常痛苦的事，寫得一個不小心，就要被人指摘爲農民不信任「政府」，反抗「政府」，那還了得！他看見溪流中露出灰色的石塊，聯想到城市中修馬路的情形，就異想天開的編出一個建築水壩的電影劇本。他認爲這是工程師與農民合作的好題材。

顧岡在都會裡一直聽說「共產黨是不用刑的」，農民暴動的那天晚上，他搬到關帝廟和王霖一起去住，冬夜裡，他聽見外面大殿上用刑拷問那些搶糧被捕的人，那慘厲的聲音，直似鬼故事裡閻王的刑訊亡人。這次僻鄉的農民暴動，原是被逼迫出來的，但王霖爲交代起見，硬說一定有間諜搗亂，要在刑訊下擠出一個確認被煽動的口供來。不料農民採取報復手段，那晚倉庫又被放火燒了，倉庫外還橫七豎八躺著不少白天被殺的屍身，此時王霖眼睛裡發出了光，因爲他欣喜於可以證實有國民黨游擊隊在幕後活動，而減卻他處事不當的責任。顧岡在看火燒時也興奮地想：「一個壯麗的驚心動魄的景象，可作爲我那張影片的高潮，只要把這故事搬前幾年，追敍在從前政府的統治下，就沒有問題了。」但他記得文聯的指示是：「應當拋開過去，致力於描寫新的建設性的一面。」於是他可惜在他的影片中不能有一場偉大的火景，結果眞實的事情一些也不能採用在他的電影劇本中，那水壩的電影劇本，全是爲宣傳而虛構的故事。

「嗆嗆嘁嗆嘁」的鑼聲響著，老弱殘餘編成的秧歌隊，仍領著送年禮的行列前進，僅只延緩了幾天展期，在年初五舉行。

張愛玲寫這本「秧歌」，她不故弄玄虛，從情節的離奇上來吸引讀者，也不因爲痛惡共匪而把共幹都寫得像閻羅殿內的牛頭馬面，或者像黑社會中的地痞流氓，卻從他自己的心理活動中表現出共匪的不擇手段，只顧迫害人民以求達成上級的命令的狠毒。共幹有時雖也良心萌生，也自知失敗將趨向滅亡，但在共黨的紀律下，這只是微光的一閃，不容保持留存。因此，共幹都成了無人性的笑面虎，成了不容反省不能自由思想的機械人。她描寫農民掙扎在饑餓線上，尤爲成功，她寫得深刻極了，她寫道：「反正只要是與食物有關的事，他們已經無法用自然的態度來應付它了，食物簡直變成了一樣穢褻的東西，引起他們大家最低卑最野蠻的本能。」

對於匪區的描寫，香港文壇很有幾本出色的報告文學，但現在似乎報告文學的熱潮已衰落了，張愛玲的小說「秧歌」，承受了報告文學的特長，寫得十分眞切，而更見冷靜與細緻，這可以影響以後寫反共小說的趨向。

四十三年十月十七日

讀「琴心」

潘琦君女士「琴心」的出版，可說是四十三年自由中國文壇新年第一件的大喜事，她的輝煌成就，有如明月懸天，人人得以仰首眺望。她是異軍的突起，她的小說，不著重於人物的刻劃描寫，不著重於情節的離奇幻變，不著重於詞藻的雕琢修飾，而匠心獨運，在她神妙筆鋒所製造的特有氛圍中，直接使人呼吸到了人心的跳動。她沒有描繪這失卻人性的濁世之種種罪惡獸行，沒有描繪那英勇殺敵慷慨成仁的壯烈場面，她對於這艱鉅的時代，只有淡淡地抹上幾筆，使我們覺得她的作品，不夠表現時代。但她作品中所放射的德性之光，卻能頓時肅清我們心中潛伏著的魔影。這是她的作品的最大成功，這是她作品的最大價值，這正是一部聖潔的作品，是我們這時代所渴求著的精神食糧。

這本集子包含七篇小說。以下我具體地敍述一下她的小說的內容：

第一篇「姊夫」寫漪的姊姊愛她的丈夫「公爾忘私的精神」，她支持他爲國努力的一股潛力，爲他安排一個溫暖的家，使他無後顧之憂，可全神貫注在公家的工作上。這樣一個溫柔多情的賢妻良母的死，當然對衡和三個孩子是一大打擊，但她死前已爲她丈夫安排續娶，建議她的妹妹漪嫁給他，可是衡是一個內心熱情外表冷淡的男人，漪是一個倔強如野猫，仁慈似母羊，尊嚴若女神的女子，漪雖於了解了姊姊的愛而嫁給姊夫，仍以姊夫待衡，衡在公務百忙中也沒有表露出自己的愛情來，以致夫婦幾乎決裂，最後雙方表白，才渙然冰釋，溶洽無間，妹妹接替了姊姊的愛的崗位。

我在這篇小說後面寫下讀後的感想是：充分愛她的丈夫，和她丈夫同樣體會到國比家重要，因而不把丈夫據爲私有，只鼓勵丈夫公而忘私的精神，爲丈夫安排一個不須分心的家，以求他能多一分心力貢獻於國家社會，這是偉大的愛，但如果漪與衡沒有愛情的維繫，只爲了姊姊之故嫁給他，爲他照顧三個小孩，那末漪只是一個管家婦，這便不是理想的家庭，而是退向舊式婚姻，此不可不辨。

第二篇「遺失的夢」寫青年藝術教授林仲明被無邪的少女——他的學生朱麗愛上了，租屋同居，而且生下了一個可愛的小寶寶。但是林仲明的妻子蕙尙不知此事，她只覺得她的丈夫近兩年憂鬱寡歡，徬徨無主。朱麗也在知道林仲明已有愛妻而深自愧疚，不應奪人之夫，破壞別人的家庭，希望能把孩子交給林妻收養，而斬斷情絲，離開她愛的教授。蕙在無意中見到朱麗，看到她家中可愛的小孩和仲明的照片，聽到朱麗當面訴說她傷心的境遇，她不露身份地安慰朱麗，回家後便下了最大的決心成全她丈夫和朱麗的愛，當面告訴丈夫允許給朱麗一個合法的家。然後她自己悄然遠走了。她在醫院中告訴她的同學珊說：「我終於走了，將幸福留給他們，可是我們似已獲得超人間的安慰。」

在這篇小說的後面，我寫下的讀後感想是：愛的犧牲，一夫一妻制的確立，西方精神偏於佔有和爭奪，東方精神偏於給與成全，我在印度奈都夫人詩中覺察了這一點，現在我們中國琦君的小說也證實了這一點。

第三篇「水仙花」是這樣的故事：劉彥良和方淑敏是十六年前的一對戀人，但淑敏爲了父親的失業，母親的病，弟妹的上學都需要錢，嚥下口中的苦水嫁給了一個富商。彥良在失戀的創痛平復後，也與一位幽嫻貞靜的女子結婚，生了兩個孩子。可是撤退來臺時，倉皇中未能攜帶眷屬。這時方淑敏已成爲一個豪華的富孀，她爲找回一個失去的夢，到臺灣來找到了舊日的戀人劉彥良，但是劉彥良告訴她還有妻子兒女在大陸上。而方淑敏卻說：「我知道，可是我愛你，我不計較這些，難道你不愛我嗎？」

兩人經過一番糾纏，不歡而散。事後彥良果決地給她一封信說：「是的，我們曾經相愛過，青山碧水，足以爲我們兩心作證。可是爲了珍惜我們聖潔的愛，千萬不要以自私摧折了它。我們當以更偉大溫厚的心靈，培養起這永恒的愛，願它如長江大河，無窮盡地奔流在天地之間。在國步艱難的今日，我們當以奔放的熱誠來盡我們國家民族重大的責任，敏，答應我改變你的生活，爲廣大的人類做更多的工作吧！」於是第三天他接到了淑敏共鳴的答覆，篇末我的塗鴉是：不自私的愛才是聖潔的愛，唯有聖潔的愛才是永恒的愛。

其他四篇小說，「梅花的蹤跡」我已在「讀海燕集」一文中讀過，「長相憶」「永恒的愛」和「琴心」三篇我不再敍述內容，僅把我在篇末所寫著的錄下：

「長相憶」：「發乎情，止乎禮義，」這是我們中國人處世生活的精髓。琦君女士在這裡用細針密扣，精心地編織成了一篇盡美盡善的藝術品了。篇中發揮了每個人應有的美德。固有道德與時代精神可以溶合成一種和諧的新生活，在這種和諧上才能建立我們康樂的新社會來。

「永恒的愛」：印度史詩中寫薩維德麗公主愛上了青年薩德野梵，不因他的命定一年後卽死而改變她嫁給他的決定。到她丈夫死期到時，終究用她愛的力量戰勝死神，救活了丈夫。這篇「永恒的愛」的故事，沒有發揮出這樣愛的偉力來，婉瑩救不了初萍三年以後的死亡，這是平實處，這是現實主義的寫法。可是婉瑩也仍勇敢地嫁給初萍，因爲認識了他倆的愛不因一方的死亡而消滅。純潔的愛是永恒的。

「琴心」：音樂家表達了人們難言的感情，音樂家的難言的感情卻由小說家的筆下傳達出來。小說家筆下的小說，在讀者的腦子裡，卻成了一首動人的詩歌。

琦君的散文也和小說有著同樣的成功，怨而不怒，哀而不傷，溫柔敦厚之至。這是得力於她舊文學造詣的很深。她的十七篇散文中充滿著懷舊的情調，自她童年的生活，最初的啓蒙老師，中學時代的校長先生，大學時代的國文先生，自己的父母兄弟，親朋戚友，以及蘇州杭州的湖光山色，不啻是她的自傳。我最喜歡的是「油鼻子與父親的旱煙筒」、「一生一代一雙人」、「一生愛好是天然」三篇。因爲這三篇不是單純的懷舊，這裡有風趣的幽默，有人生經驗的智慧。

她寫來臺後的生活記錄，只有「我們的水晶宮」和「遷居」兩篇，但這兩篇都是爐火純青的佳作。

讀了她的散文和代序，多少可看出琦君怎樣鍛鍊出她的精美小說來的。例如「海天遙寄」一篇，便是小說「長相憶」的初期醞釀，我們把兩篇對看，便可以看出同一題材，怎樣從一篇平實的散文，穿揷成一篇卓越的小說，而完成了其中崇高的意境。這是從花粉釀成蜜的過程，她這裡把花粉和蜜同時陳列在我們眼前了。

從代序「吾師」一文中，可知琦君的寫作最得力於一位夏老師的薰陶。

琦君的「琴心」，以七篇聖潔的小說來感動人；從十七篇散文中，我們可以讀其文，想見其爲人；從她的代序一篇中，她報告了她的師承，又不惜以金針度人！

我們熱切盼望她早日有第二本更充實的集子來照耀我們自由中國的文壇！

四十三年二月十日中華副刊

讀「暢流短篇小說選集」

暢流短篇小說選集是暢流半月刊社精選該刊第一卷至第六卷內的創作小說，十六個短篇的結集，從三年間七十二本文藝刊物中只選了十六篇，其審愼可想而知。其中所選固多常有作品在文壇發表的名作家，也有作品少見，名字很陌生的作家。有幾篇是很出色的愛情故事，有幾篇是血淚的悲慘故事，好些是浪漫主義的作品，但也有不少是硬朗的寫實主義之作。

我最喜歡有特殊題材的作品，在本集中這類作品：寫鐵路員工的有小燕的「站長的故事」，寫婦女職業問題的有林海音的「風雪夜歸人」，曹端群的「離不開的家」，寫高山族戀愛故事的有陳定山的「射鹿的人」，蕭傳文的「月下戀歌」，寫貴族子弟在大時代中蛻變的有穆穆的「貴族之家」，以外國學者作題材的有錢歌川的「捷爾西的賢人」，……

同樣是愛情故事，像「射鹿的人」取材於臺灣山胞，就有地方色彩，有新鮮氣息，不落俗套，而再以破除種族的仇恨作主題，含意深遠，自易勝人一籌。

創作短篇成功的路第一在意境高超，第二在觀察深刻，第三在題材引人。最易入手的是第三種，但若用黃色題材來吸引人，就品格低下，又是自甘墮落了。本集的作品好多題材都很引人入勝，（包括上舉有特殊題材的幾篇）卻並無不清潔的作品。觀察深刻的作品則有陳香梅「灰色的吻」，郭良蕙「十年夢幻」，謝冰瑩「愛與恨」，吳婉麗「毀滅」和前舉林海音、曹端羣等篇。意境高超的有張秀亞的「幻影」，林培深的「米色的雨披」，黎黎的「天堂夢」，張潄菡的「海月交響曲」，和前舉錢歌川、陳定山、陳香梅等篇。

張潄菡的「海月交響曲」，黎黎的「天堂夢」等篇都是以軍人為題材的佳作，林培深「米色的雨披」寫地下工作人員，結構精美，依風露「奇特的拜託」寫被迫附匪者自首的故事，佈局巧妙，都是這本選集的重要作品，但總覺集中還缺少一兩篇更有力的正面描寫戰鬥生活的傑作。

本集中有幾篇作品我以前已讀過，就這回第一次讀到的作品而言，以陳定山的「射鹿的人」，錢歌川的「捷爾西的賢人」和林培深的「米色的雨披」三篇給我的印象最深刻。

四十四年九月八日　聯合報藝文天地

讀「綠天」

「綠天」是蘇雪林女士三十年前的成名作，以善寫蟲魚鳥獸著稱於時，曾暢銷多年；其中有幾篇被選入中學國文課本，尤膾炙人口。

增訂本的「綠天」，第一輯所收是她婚後第二、三年的創作，計綠天、收穫、小貓、和鴿兒的通信十四篇，我們的秋天七篇，這裡寫她婚後的愛情生活，風光旖旎，筆墨傳神。這種卓絕的小品，迄今尚無出其右者。其中像綠天，像鴿兒的通信第二篇，眞令人百讀不厭。收穫、小貓等篇，又是一種風格。正如春花競秀，各顯佳妙。

第二輯收她婚後十年和她丈夫張先生同遊青島紀念錫慶的文字，計島居漫興二十篇，勞山二日遊九篇。大體上說，這是學者的遊記，這裡顯露她智識的廣博，哲理的啓悟，雖則兼有生活的情趣，風景的賞玩，但已沒有第一輯中那麼雋永美妙。

第三輯收獨幕劇玫瑰與春一篇，童話式的小說，小小銀翅蝴蝶故事二篇。據蘇女士自序中說，玫瑰與春是她痛苦的結晶，而也是她一生趨向的指標。她報告她寫這劇本時的情景說：「記得我寫這個劇本時，心靈正爲一種極大的痛苦所宰割。當痛苦至極之際，獨自盤旋屋外草場，有如被毒箭射傷的野獸，自覺臟腑涓涓流溢鮮血。這樣煎熬三日夜之後，方寸間靈光豁露，應該走的道路發現了，而靈感亦如潮而至，伏案疾書，不假思索，半日間便將這個小小劇本的輪廓寫出。」這彷彿歌德寫「少年維特的煩惱」時的情景，是「苦悶的象徵」，也是「煩惱的解脫」。蘇女士的玫瑰與春是一個象徵主義的劇本，她把她瀕於破裂的愛情用象徵的手法表達出來，可說是她感情昇華的藝術創造。

小小銀翅蝴蝶故事之一是「綠天」集中的原作，同樣，她用蝴蝶與蜜蜂的戀愛故事表達她和她丈夫裂痕之所由來。她丈夫是一個實利主義的冷酷工程師，而她自己卻是一個富於同情性的風雅文人，兩人性情和生活與趣大相逕庭，又沒有子女來維繫家庭的幸福，更加以蘇女士姊妹間手足情深，大概她的接濟姊姊又使她丈夫不滿，夫婦感情難於融洽，後來終成分居的局面。

至於她分居以後直到現在的情形，蘇女士又於今年新寫一篇小小銀翅蝴蝶故事之三，續記別人追求她以及赤蝗（共匪）佔據繡原（大陸），她避難來臺與姊姊重聚等經過。這是她再度發揮她描寫昆蟲的特長，創造了一篇富於戰鬥性的新傑作。蘇女士因愛情上的受創，集中心力從事於文藝工作，產生她現在綠天第三輯以及其他創作和作家研究的輝煌成績，並磨鍊她成為一個堅強的英勇鬥士。

但蘇女士畢竟是一個殉情的戀舊者，她沒有接受任何別的追求者的愛情，她又是一個天主教徒，至今和張先生維持著夫婦的名義，今日張先生身陷大陸，對他仍有所懷念與憂慮。今年中秋前一日，是她和張先生的珠慶，所以特地重印「綠天」，以為紀念。

綜觀全卷，我還得概括地說幾句。

一、她善寫自然之美，尤能融景於情，時有化筆，她的想像豐富而高超，更使她的作品放出了卓絕的異彩。

二、她善寫蟲魚鳥獸，特別是描寫昆蟲生活，細密而精緻，令人生愛，但她自述沒有專門研究過生物學，只是喜歡接近動物世界，出之於她未泯的童心。

三、因為蘇女士保持著純正而真摯的童心，處處發揮她的真誠的熱情，勇往直前，義無反顧，在艱難困苦中表現了她的至眞至善至美！據說在抗戰時期的獻金運動中，她竟毫無保留地把她多年辛勤積蓄換成黃金五十餘兩，全部奉獻了，以致此後寸步難行，得人資助，方克脫離匪區，流浪海外，再度資助，始克來臺。她的廿餘年反共鬥爭的歷史，更是衆所共知的，現在讀這本「綠天」，很顯然地可看出是眞善美的結晶，其中一篇坦白眞誠的自序，最爲可貴！第三輯她原是用象徵筆法來吐露她的不便告人的隱痛的，我們不易讀懂她的原委，像李義山的戀愛詩，要經過千餘年的猜測，才給蘇女士考證清楚，現在這本「綠天」，有了她的自序做鑰匙，我們大部分可以明白了。

四、蘇女士的「綠天」，是以舊文學爲基礎的新文學。像第三輯全部和第一輯中鴿兒的通信諸篇，很明顯地是西式文體，但她所用詞和語，圓潤得似連篇珠璣，大多脫胎於舊文學。她的文章所以最適合青年們作爲國文課本來誦讀，這也是主要原因之一。

五、「綠天」的從愛情的苦痛中解脫出來，可稱爲中國的「少年維特之煩惱」，而意境更完美，從若干方面說，「綠天」又可稱爲現代的「浮生六記」，沈三白和蘇雪林的兩本書中都充溢著一個時代的生活情趣，這是最好的活的記錄，試把兩書來作一比較，是很有趣而特別有意思的事。

四十四年二月二日中央副刊

謝冰瑩的「綠窗寄語」

謝冰瑩女士的「綠窗寄語」是一本女青年生活指導的好書，無論你用教育的立場，無論你用文學的觀點去衡量它。

這本書有幾個明顯的優點：

一、淺顯易懂：採用書信體，寫得深入淺出，親切有味，不像那種嚴肅訓話或硬性論文那麼使人望而生畏。

二、範圍廣濶：從女人讀書有什麼用？怎樣閱讀？讀些什麼？怎樣寫作？怎樣欣賞和批評？到西洋名著介紹，從中學生可不可以戀愛，直談到結婚離婚各種切身的重要問題。

三、切實有用：因爲作者有豐富的寫作經驗，豐富的生活經驗，所寫不是空洞的理論，都是切實的經驗之談，最爲寶貴。

四、合情合理：她富同情心，但不感情用事；她鼓勵人上進，鼓勵人爭取合法的自由，但也勸人忍耐，不可盲動，像談失戀苦痛和離婚問題，講得合情合理，最爲透澈。

我最佩服謝女士的是她有隨時隨地寫作的本領，她在一面教書改卷一面治理家務，還要從事社會活動的繁忙生活中，有什麼方法仍能迅速地寫出一些作品來呢？她的答案是：「儘量利用幾分鐘的時間，或者犧牲睡眠去寫。」她在「我怎樣利用時間寫作」一篇中說：「至於我寫文章特別快的緣故，因爲我在腦子裡早就打好了腹稿，我的腦子很少有讓她休息的機會，我走路時思想，洗衣時思想，做飯，縫補時還在思想，只要一有五分十分鐘的時間，我便抽空寫幾個字，有時一封信也要停三四次才能寫完。」這是她寫作的祕訣，其實，北伐時期她的成名作「從軍日記」便是在行軍途中把握住匆促的時間寫出來的，她養成隨時隨地寫作的習慣已經有三十年了，在這繁忙的現代生活中，尤其是戰時生活的今天，我們要勿失寫作的機會，便應該向謝女士學習。

四十四年十二月一日新生副刊

讀「菁姐」

琦君女士於前年一月出版她的第一本創作集「琴心」，即佳評潮湧，被目爲當今女作家中的翹楚，德性派的中堅。可是相隔兩年，到今天她的第二本集子「菁姐」才出版，寫作的謹愼，選錄的嚴謹，可想而知。前年我曾爲文批評過「琴心」，現在，我仍願報告我讀了「菁姐」集後的印象。

菁姐集收錄「菁姐」等短篇小說十篇，卷首有羅家倫先生的序文，這序文的本身是一篇風格高超的雋永小品，而對琦君女士的作品有深刻的體會，客觀的評論，所言無多，而很中肯，最爲可貴。

羅先生說「琴心」與「菁姐」兩書共同的長處是：「文字的淸麗雅潔，委宛多姿。寫風景有詩意，寫動作頗細膩，寫人物頗富於溫柔敦厚的人情味。」他說他「一看就知道作者具有很好的中國文學，尤其是詩詞的修養。後來看到作者塡的詞，淸新嫻雅，證明推斷的不錯。」在此我樂於附帶一提的，是羅先生賞識琦君的詞，開始於看到她給拙譯「黛瑪鶯蒂」卷頭題的三首淸平樂。

羅先生批評「菁姐」集說：「以短篇小說的寫法論，則『菁姐』一集，更爲嫻熟，取材範圍也更爲開展。各篇的結構顯得較前緊湊，處理所寫的事情比較靈敏而爽朗。而最重要的還是她長於發揮優美的人性，就是她常提到的『善良的靈魂』。她常似有一種哲學的也是美學的理想在追求，她在幾篇中所寫的愛情，隱隱的帶著柏拉圖式愛情的意味，所以超脫而不黏滯。她從東方女性的風格中流露出近代女性的意念及其生活方式的若干成份，寫得頗覺融合。這是她的特點。……作者所描寫的『完整的愛』和『永恒的美』，從追求和承受者的方面來說，何曾不帶著無限的痛苦和酸辛；不過他們能把這些忍受寄託在『高潔化』裡面，才顯出不同凡俗。」

我在批評「琴心」時曾說：「這是一部描寫怎樣去愛的書……但她的作品中所放射的德性之光，卻能頓時肅淸我們心中潛伏著的魔影。這是她作品的最大成功，這是她作品的最大價値。這正是一部聖潔的作品，是我們這時代所渴求著的精神食糧。」現在羅先生說：「最重要的還是她長於發揮優美的人性，就是她常提到的『善良的靈魂』」，這正與我說的「描寫怎樣去愛」、「放射德性之光」同一認識，琦君「菁姐」集就是「琴心」集的更高度的擴展。

現在我們試看「菁姐」集中十篇作品。

「完整的愛」和「永恒的美」是代表她理想的眞理追求的兩篇作品，「愛並不是那麼支離破碎的，縱使分了也還是完整的。」「人心是微妙的，把幸福留在想像中更好。」這是前一篇中的警句。「美是永恒的」，「美是心靈的一種體驗，一種感受，只要你一經接觸到美，你就永遠保有它了。……宇宙間一切都似轉瞬即逝，但是你如對它有一種美的感受，一切就是永恒的了。」這是後一篇的精義之所在。

我國先哲把人類的愛區分成五種，稱爲「五倫」。其中君臣一倫，用現代語來表達，叫做「愛國」「愛民族」。五倫之中，愛的關係頂自然的是父子一倫的親子之愛，完全出乎本性，原先父母的愛子女，子女的愛父母，並無絲毫利害觀念雜乎其間，最爲純粹。父子之間愛的標準是父慈子孝，所以儒家教人以「百行孝爲先」，提倡仁政，也以親子之愛爲出發點，而標榜「以孝治天下」。其次是兄弟一倫，也由血緣自然形成，和父子之倫一樣，手足之情也是骨肉之親。但是父子兄弟的產生，由於男女之間夫婦的結合，所以夫婦之愛又是「人倫之始」。文明社會的長成，夫婦制的確立是一個重要因素，國家社會以家庭爲細胞；家庭的細胞又以夫婦爲核心；而家庭的愛又須推廣及於國家社會。兄弟之愛須得擴大爲朋友之愛，然後「四海之內，皆兄弟也」。維繫國家組織的愛國愛民族的觀念的養成，是孝的觀念的最高發展，也就是人類文明的高度發展。所以五倫以君臣一倫列在第一，君是國家的元首，國民的愛國，並非忠於元首一個私人，元首所以代表國家，君臣一倫的名目，不過象徵國家與國民關係的具體化而已。

五倫是愛的區分，懂得愛的區分而知道怎樣去愛，這是文明人應有的修養，是我們應具的德性。琦君創作的趨向，就是從親子之愛夫婦之愛寫到兄弟之愛朋友之愛、國家民族之愛，又因時代的推進，社會形態的改變，須有新的修養適應這新環境，也就在這新的適應的努力試驗中形成我們所需要的新德性。

「完整的愛」寫的是親子之愛和夫婦之愛的怎樣融洽起來，十五歲的阿慧早失去父親，只和她的媽相依爲命，她本來很喜歡常來她家走動的幼之叔的，但當她看出幼之叔和她的媽已相愛，可能結爲夫婦時，她加以反對，不願讓媽對她的愛分給別人。因此三人都陷入苦痛中，最後阿慧雖了解了愛的完整性，願意幼之叔做她的後父，但她的媽在經過多少挫折後，省悟了更高度的愛的完整，忍痛讓幼之叔走了。

「永恒的美」以夫婦之愛爲題材，寫的是愛情和美的問題。故事的情節同最近上映的美國電影「西廂琴斷」有好多相似處，但「西廂琴斷」注重高潮的起落，風格是陽剛之美，而琦君的「永恒的美」注重哲學和詩意的發揮，風格是陰柔之美。她這篇小說前年發表於南部版中華副刊，就引起我特別注意，給該刊寫了一篇書評。討論從泰戈爾的「齊德拉」，谷崎潤一郎的「春琴抄」，直到徐訏的「盲戀」和這篇琦君的小說所觸及的美的問題，這裡不再多說。

琦君兩篇小說都有悠遠的意境，高超的理想，有如黑夜中的明星在天，我們雖然觸摸不到，但它指示我們航行的路線，給我們以「心向往之」的一種安慰。

我國從前的女性活動範圍，只限於家庭的小圈子裡。而現代女性卻和男子同樣可以參政可以謀職業，可以有社交活動。而一般人的觀念，總以爲男女相處，便會發生兩性間的愛情，甚至隨便發生肉體的關係，這樣已婚的女子便容易引起家庭的不睦，婚姻的糾紛，而受損害的被犧牲的或因此而墮落的，大多是女方。這樣，現代女性的何以自處，便成了一個重要的課題，琦君在作品中嘗試的解答是：建立高潔的友愛。她的「紫羅蘭的芬芳」和「菁姐」兩篇實在都含有這種意義。雖則兩篇的故事，都把男女主角安排在一個家庭裡，好像寫的是兄弟之愛。「紫羅蘭的芬芳」和「完整的愛」一樣是寫得細膩芬芳，而且很完整的兩篇小說，顯示了她創作內容的深度和描寫技巧的圓熟，得到了和諧的一致。「菁姐」一篇，則近似詩意的散文，許多地方，心理描寫刻劃很細微動人頗見小說的技巧，例如菁姐削蘋果皮萱弟用手承受盤在桌上的一節，寫得多麼巧妙而有情緻，手法極高超。

「蘭陽戀」寫夫婦之愛，在聯合報副刊發表時原名「妻」，曾被選入婦女工作會出版的「自由中國女作家選集」，我在暢流半月刊批評該書時已論及此篇，這裡「菁姐」集中另有一篇「妻」，用諷刺的筆調，暴露現代社會的所謂摩登妻子，猶之易卜生寫了「挪拉」，再寫「群魔」，一正一反，這篇「妻」正是「蘭陽戀」的反面文章，寫得很緊湊有力。

「三劃阿王」「阿榮伯伯」「阿玉」三篇都可歸入朋友一倫裡去，鄰人、主僕，都是家庭之愛的擴充，這三篇都是寫實的作品，寫人物相當成功，阿玉的純樸，阿榮的慈藹，三劃的豪俠，都活現在眼前。

最後一篇是愛國家民族的「清明𠢕」。這是一篇反共抗俄的力作，寫人物個性顯明，而不過火，每個人恰如其份，故事的發展也自然而有力，故事的背境是浙東沿海的一處鄉下，寫鄉下情景如繪，有濃重的鄉土氣，篇中自作聰明以爲識時務的靠攏分子四叔的被槍斃是「良心指示我們正路」的力作，有爲反共人物二叔的陪襯，共產黨掘剿匪軍官的墳，和「我們寧可餓死，不留一粒穀子給共匪」而把未熟的稻子全拔了上山打游擊的人民是一個強烈的對照，這種安樂的魚米之鄉而有誓死反共到底的民眾，正與作者筆下有細膩芬芳的情緻同時有強烈感情的奔放，都給讀者以深刻的印象。

「清明刼」是一篇出色的戰鬥文藝，但廣義的戰鬥文藝，不僅這一篇，整個「青姐」集是一本價值極高的反共抗俄文藝作品。

前年掃除三害的文藝清潔運動給戰鬥文藝作開路的先鋒，而聖潔作品的創造，則是它舖築路基的土方和石子。今日的文藝運動，道德的重整應占一個重要的地位。事實上，有許多作家是在這方面努力建設著，琦君便是其中主要人物之一，但沒有人特別提醒此事。我自問無此才力與聲望，而又不能久耐，終於寫了一篇「文學與德性的再認識」短文發表於第五十五期「文藝創作」，希望能抛磚引玉，引起大家作再認識的討論，很榮幸的引起了老前輩蘇雪林女士的注意，她正式發動了這一討論，而趙雅博先生等又各抒高見，想來不久可以得到一個客觀的再認識。至於寫這篇書評，是希望能爲羅先生的序文，做一部份註脚的工作的。對於琦君各篇作品的優點，未能一一評論。

婦友十六期四十五年十一月十日

讀「禁果」

前年冬天翻閱野風月刊，讀了幾篇小說，其中之一，是卷三〇期署名「蕙」的「陋巷羣雛」。這篇小說，描寫深刻生動，結構謹嚴，人物凸現，而其主題，尤爲意義深長，讓我們深切地實感到兒童教育的重要，而且面對著今日平民社會一般家庭教育的怎樣引導兒童走向罪惡之途，給人的印象十分深刻，最能促人猛省。這篇小說，揭發了我們今日教育上的一個必須特別注意的重要問題，心理描寫也很成功，確是一篇有價値的寫實作品。後來在郭良蕙女士的短篇集「銀夢」中，又讀到了這篇「陋巷羣雛」，才知道野風裡署名蕙的原來就是這位蜚聲文壇的空軍「模範妻子」。她的短篇，的確比長篇寫得好。

上月郭女士寄了我一本臺灣書店新出的她的「禁果」，我讀完第一篇「受辱的人」和第二篇「兇手」，便被她犀利的筆鋒震驚著，她的手法確實不凡！

「受辱的人」寫一個綽號叫「烏鴉」的女孩子崔蘭芳，她是挑賣元宵擔的窮人之女，長相醜陋：厚嘴唇、黃門牙、黑臉上散佈著大麻點，個子又矮，聲音又啞又乾，她雖很用功，而功課仍不好，所以遭受有優越感而缺乏同情心的同學富家獨養女汪露等的戲弄侮辱，但到最後，不得不使人愧悔而讚美她，因爲她的舉動卻表現了她是最聰明最完美的人物。

「兇手」寫一個自幼愛護動物，尤其偏愛貓咪的主婦，在生活的重壓下改變了性情，無意中竟殘殺了一隻自己餵養的貓。郭女士在不滿三千字的這一短篇中，反映出這個艱難年代主婦們性情的失常。這一篇的結尾是多麼沉痛：「棄去貓的屍體，卻無法棄去記憶；她的呼吸越來越閉塞，她的心越來越下沉，她該追悔，已經遲晚；她要哭泣，卻無眼淚。童年的事跡又歷歷閃出，過去的善良秉性遺失在何處？是什麼驅使他殘忍地做了兇手？」

「禁果」共收短篇小說十六，題材相當廣泛，她的筆調輕鬆而銳利，她描繪了世態，反映了時代，大約她受到莫泊桑、毛姆等的影響很深，善於描寫小人物的小事件，在稀鬆平常中發掘深義。粗看起來，對筆下的人物往往帶一些譏諷和冷酷的態度，這就是寫實主義者的冷眼旁觀，但你若細加體味，卻有深厚的同情含蘊其間。

郭良蕙所寫的人物和故事，大多是我們平常可以耳聞目見的一些片段的橫切面，可是經過她巧妙地一刻劃，便栩栩如生，活現眼前；而且給我們一個細加省察的機會了。可是我們更希望她能把她所知道空軍的英勇故事和她所熟悉的寶庫——空軍和空軍眷屬的日常生活——也多寫點出來，讓我們開開眼界，這是我們頂歡迎的啊！

讀「小樓春遲」

艾雯，當我在「海天集」中讀過她的「漁港書簡」後，她的散文，給我以極深的印象。她的文章，清新秀逸，詩意蘢葱，能體認現實，描繪社會生活，入木三分，而依然高瞻遠矚，不陷於俗套。無怪她的散文集「青春篇」會膾炙人口，風行一時。

她的小說集「生死盟」也得到了好評。我在「文壇」二卷一期上看到了署名「南」的一篇書評批評她的小說說：「她作品的內容有立場，而鼓舞激勵和溫暖著青年人的心。她不談身邊瑣事而全心靈寫反共抗俄和社會的小說，她有戰鬥的熱和力。」但我在「海燕集」中讀到她的一篇「落寞的影子」和「自由中國創作小說選集」中讀到她的一篇「霧之谷」，這兩篇小說給我的印象是她的小說善於用想像而將淪陷於炫奇的泥淖中去了。

最近有機會讀到她新出版的第三本短篇小說集「小樓春遲」，我把集中的十篇小說都瀏覽過了。就這十篇小說而論，艾雯似乎還未能建立她一貫的思想和作風。她一面是馳騁於詭譎的想像中幻化出空中樓閣來以炫奇，這裡雖有詩情畫意，巧思麗句，無奈只是七巧板的玩意兒，怎樣巧妙也不能予人以眞實之感，只有一些浪漫情調，無由深切地感動讀者。「在並轡馳騁的日子」「漩渦」「生命的綠洲」「螟蛉」「落寞的女客」五篇，大概可以歸入這一類型。而在另一方面她從現實中體認生活，寫出動人的故事來，以感染讀者，教育讀者，在無形中能使讀者明辨是非，培養德性。「小樓春遲」「割愛」「菲菲」「漁家女」「狼」五篇，大概可以歸入這一類型。

「在並轡馳騁的日子」文章最爲絢麗，這篇小說充滿浪漫的情調，描寫綠葉成蔭的藍薇因晒書檢出一張從前楊侃寄給她的聖誕卡，便追憶少女時代她與楊侃並轡馳騁的一段詩情畫意般的愛情，只因藍薇偶見楊侃與另一女子在一起，便不問情由與楊侃絕交，連楊侃接連寫來無數辯白的信一封也不看，結果鑄成大錯，楊侃凄然遠避，她竟永遠內疚地辜負了楊侃的一片眞情。這故事寫得雖美，但是不合情理的。而且，藍薇已撕掉無數楊侃辯白的信了，在引用楊侃最後一封信點出與楊侃同遊的是他自己的二妹時，這信中楊侃仍用敍述的方式出之，語氣寫得不太像了，所以這篇小說我們卽使欣賞它的浪漫情調，也不是一篇成功的作品。

「漩渦」是作者宣揚西洋式愛情的一篇小說。林琦因爲弘同時愛了她和另一女人，她便設計騙弘同坐一小船，划向吞沒一切的漩渦，使弘與她同歸於盡。作者所寫的林琦，只是恨而不是愛，小說中引證的獅子與美人的故事也與林琦的心理不同，因爲公主與青年是眞正的相愛，青年並沒有愛別人。公主爲成就青年愛她的心，設身處地體會青年寧飽餓獅饞吻不愛其他女子的心理，所以讓青年引向左首的門，若只爲公主自己的自私，這兩人的愛情怎樣夠得上偉大？所以依我看來，作者宣揚的只是毀滅一切的恨而並非眞正的愛。

「生命的綠洲」寫一個孤兒院中長大的女子的一段奇異的愛情。「螟蛉」寫金琛與玫之間離奇遇合，我們只要看玫之離開金琛，只是爲了「那時我忽然覺得不適作個主婦」，這樣視愛情如兒戲，還有什麼可說的？「落寞女客」就是「海天集」中那篇「落寞的影子」，寫一個精神病院裡女病人的奇特心理。

綜觀上述五篇，可以用一「奇」字貫串起來。本來，不論中外文壇，都有一大批人爲掩飾作品內容的貧乏，只是一味以炫奇來吸引讀者，而這些作品，畢竟比赤色的，黃色的，黑色的三害不同，仍是純正的作品，但像艾雯這樣有成就的優秀作家，我們希望她不要偏陷在這種膚淺的泥淖中去！

「小樓春遲」寫兩位青年作家綠村與凡寧的爲藝術而奮鬥的精神，這一篇寫得深刻有力。凡寧在山窮水盡時寫了一本黃色小說「紅色女間諜」來救急綠村對他一段義正辭嚴的責問，其鋒利的程度，可使假反共招牌以出賣黃色貨品的作家無所遁形。一位吳儂軟語的女作家，而有這樣的才氣，眞是了不得！用這一篇名作爲集名是很適當的。

「割愛」寫深厚的友誼殊足感人，描寫軍人氣概，十分成功，我們若不知作者是誰，或將猜想是一位氣宇軒昂的青年軍官所寫。

「菲菲」寫丈夫另有新歡而遺棄了妻子以後對小孩的心靈受到怎樣深痛的損傷！這是都德寫割地之痛的「最後一課」筆法的活用，艾雯寫得也很深刻動人！殘破的家庭，總非人類的幸福！

「漁家女」寫漁民生活是艾雯的拿手，這裡寫以生命與海浪搏鬥的貧苦漁民夫妻父女的至情，和自命上流社會智識份子的家庭感情如「螟蛉」所寫，可以作一對比。難道「螟蛉」中的金琛和玫，要比「漁家女」中人物高尙一些嗎？今日以摩登自居的自私青年也該反省一下了！

「狼」寫癡情少女受到薄倖男子遺棄後的再生，這裡作者從現實中告青年男女對愛情要鄭重，步子要踏穩，但跌了交，也仍得勇敢地自己爬起來。

這五篇雖然作者沒有把每篇都寫好，但我總以爲作者的成功之路是在這一個方向。

四十三年八月廿七日中華副刊

從「齊德拉」談到「美與殘缺」

印度詩哲泰戈爾於民國十三年訪華，就在那年五月六日，我國文藝界人士爲慶祝他的六十四歲壽辰，特在北平協和禮堂，演出他的名劇「齊德拉」，由林徽音女士扮演劇中女主角齊德拉。屈指算來，這事離今已三十年了。

泰翁的「齊德拉」劇作，取材於古印度史詩摩訶婆羅多中所載一節傳奇故事，史詩中敍述婆羅多族王子有修漫遊至東印度曼尼坡王國，國王膝下僅有一公主齊德拉，故令習武事以備傳位。有修與公主相愛，限於曼尼城居留三年，生一子而離去。泰翁根據這傳說，寫成「齊德拉」劇本以闡明他自己的見解。他在劇本中寫兩人相愛的經過是當公主在森林中發現這英武的王子時立刻愛上了他，但他對這男性化的粗魯女子，沒有看在眼中。於是公主自慚形穢，禱於濕婆神廟，乞得爲期一年之美貌；王子見之，驚爲天人，遂相愛悅，結爲夫婦。一年之期瞬屆，公主爲將復原形，失去美貌而中心憂急。可是這時王子已認識公主的眞性實美，不再計較她的外貌，超越了世俗的愛而獲得眞正的愛了。外貌的美是假相，是無常的，可以是不全善的，但那內在的美，是永恒不變的眞性實美，才是眞美善的本體。

此後外國作家的作品以「愛與美」爲主題而揚名於我國的，據我所知，有日本名作家谷崎潤一郎的小說「春琴抄」。他寫一日本美貌閨媛，因失明而習琴作琴師，她的帶路的書童也愛好音樂，有志習琴，她破格收他爲弟子而令他隨侍左右，於是兩人的心靈上有著愛的結合。後來女琴師因拒絕登徒子的接近而被毀容，變成奇醜，他便也自盲其目，以保留她永恒美麗的印象而兩人相守終身。

今年，徐訏又出版了一本小說「盲戀」。這本小說的主題也是「愛與美」。他寫盲女盧微翠得醜男陸夢放之愛而如獲新的生命，醜男陸夢放得美麗盲女盧微翠之愛而獲寫作的靈感，兩人生活在無邊的幸福中。但當盲女復明之日，發現無法再維持以往的愛情，於是她自殺了。

在徐訏的「盲戀」出版之日，琦君在她以德性之光照耀文臺的「琴心」出版之後，也用

「愛與美」爲主題寫了一篇小說「美與殘缺」。她寫一位公立醫院醫生的太太希望她丈夫成爲一位最美的醫生，那就是有一顆愛護病人的心的醫生。因爲要她丈夫可以把全部的力量貢獻給許多痛苦的病人，除了操持家務外，還兼了一份中學教員的工作，以減輕丈夫的負擔。她因過勞而臥病，一隻腳不能走動，最後決定要鋸掉才安全，她怕鋸腿以後成殘廢，她說：「你會喜歡一個殘廢的人嗎？多麼醜啊！」但她的丈夫答覆了：「醜？……我愛你，多少年來，是你的德性在培養著我，使我懂得什麼才是人間眞正的美，你雖缺少了一條腿，卻無損於你的美，因爲你的心靈原是美的，我已永遠有你了。」於是丈夫陳述他怎樣受到她精神的支持與鼓勵，去盡他救治病人的責任。讚美她愛的力量是多麼偉大。終於她被他懇摯的言語感動得掉下淚來，接受他鋸腿的決定。

從泰戈爾的「齊德拉」，到琦君的「美與殘缺」，用同一主題，寫出了不同的作品。泰戈爾是以東方哲學壓倒西方而最受西方崇拜的一位大文豪，他對愛與美有精到的見解。世俗的人，大多只會見美貌而生愛，但一旦認識了內在的眞性實美，那麼外貌的美醜是不重要的了。這就是超凡入聖，從物質昇華爲精神，從無常獲得永恒。

谷崎潤一郎的「春琴抄」似乎是承接泰戈爾的，他描寫的愛是很純潔而眞誠的了。然而還是強制的不自然的，到最後美麗的外形還佔著相當重要的地位。

徐訏的「盲戀」再從「春琴抄」翻花樣，寫到與泰戈爾的順序成爲一個倒轉的方式，即由聖返俗。他的主要的一句是：「祗有所有的感覺加在一起方才有一個心靈的感覺。」所以盲女復明後說：「原來沒視覺，連聽覺也不完全的。」於是由此推衍，官感的物質的到佔了重要的地位，結果成爲泰戈爾的反面文章。我們雖然也可以解說徐作主張物質與精神並重，但微翠的精神畢竟站不住，在徐訏的筆底倒下去了啊！

琦君的作品承接以上三作來看，她是完全站在泰戈爾方面的。這四個作品，可以看作「愛與美」的「起承轉合」四部曲。但琦君的力量還不克擔當這重擔。雖然她的路線是對的，她的字句是光煥的，正像「愛的教育」「小婦人」等名作一般散發著人性的溫暖。但第一是四作中篇幅最短，故事不能發展到曲折而生動，又不能精簡得像鑽石一樣晶瑩到不嫌太小。第二是心理描寫尚不夠縱深，敵不過徐作的層層深入，刻劃透澈。

泰戈爾的是詞藻美麗，玲瓏透剔，自然而富詩意，非常雋永。谷崎的是委婉細緻，引人入勝。

「愛與殘缺」在未發表前我已看過一遍，在中華副刊上刊登出來後我又重讀了一遍，這是值得稱許的一篇作品，所以引起我殷切的期望，嚴酷的苛求。順便把泰戈爾等三作，簡單的介紹給讀者。

理解與鑑賞

——「黃帝子孫」讀後感

當我旅居馬尼拉期間，于吉兄在中副發表了兩部長篇小說——「鬱雷」和「黃帝子孫」，我都斷斷續續的讀過，覺得字裡行間，有一股力量吸引著人。只因報紙時或缺失，故讀得不完全。返國後，又讀了單行本，得窺全豹。公平地說，這兩部書都是成功的傑作。「鬱雷」頗能傳達時代的精神，爲這一代的中國知識分子刻劃了極爲傳神的面影。「黃帝子孫」則是一部充分表現民族精神，敍述精誠團結的力作。兩書都明白指出國人當前的奮鬥途徑，這正是一位敏感而有責任心的文藝工作者所從事的有意義工作。

國慶前幾天，于吉兄自臺南來北過訪，和我談及「黃帝子孫」的寫作。他說寫此書時，有一種寫作的意念在催促著他，推盪衝激，非寫不快。當我重讀此書，也爲書中的人物和故事引起許多感慨，而以寫出來與中副讀者同溫閱讀此書的深長滋味爲快。

閱讀任何書籍，都具有同一的目的——理解（Understanding），經過認識辨別批判，以汲取有用的知識。對於文學作品，除了理解以外，讀者又無不抱著一種鑑賞（Appreciation）的態度。要使讀者在鑑賞方面獲得滿足，作者須在文字上多用工夫，並且注入眞摯的感情。約而言之，所有成功的文學作品，往往在理解方面告訴讀者其所觀察與創見的精神現象爲何。而在鑑賞方面，作者須在文字上使讀者感受美好的快意，在情緒上能感染讀者，引起共鳴。這應該是文藝作者所追求的鵠的，所希望達成的境界。「黃帝子孫」這部書，做到了這些要求，所以我說這是成功的傑作。因此，它在藝術上的成就與價值，也就高人一等。

臺灣光復後二十年，島上的黃帝子孫，風雨同舟，爲著反攻復國的共同目標而一致奮鬥。這種無分內外，精誠團結，有其歷史的淵源，與現實生活的合作基礎。前者是血濃於水的民族粘和力，後者是生存發展利害禍福的共同點。這些因素在光復初期就都已具備了。「黃帝子孫」所描寫的正是光復後十五個月內的社會形態和人與人相處的種種情況，很具體的記述了這一精神。

正如書中主角之一的唐廷錚，於光復初期蒞臺，和其他許多接收人員，都受到臺胞熱烈歡迎。他分析這個原因，想到：

「憑什麼臺胞要歡迎我？是因爲我也是黃帝子孫，大家都是兄弟手足的緣故。但是，對祖國向心力的加強，同胞愛的維繫，除了民族感情以外，還得加上其他的團結膠液才行，那就是全體國民共同利益的創造和追求。」（頁五五）

書中特別注意這一特質的把握，時時處處以事實說明臺灣居民所以能夠打成一片，是血緣相屬和利害一致的結果。

「光復必然帶來好運，每個臺胞都能感覺到。但從朦朧的意識轉變爲具體的感覺，都是由於身邊所發生事實的導引。」（頁一三）於是作者著力描寫臺胞地位的提高，經濟生活的改善，教育機會的均等，各種人身自由的充分享受，以及婦女地位的急劇上升……等。人誰不想上進呢？「臺灣光復以後，臺胞眞像蔴袋裡的菱角，個個都想出頭。」（頁一二）其中具有代表性的職業界如柯南輝、許秉坤，教育界如景沛生，青年婦女如柯秀娥、洪菊子……，都獲得了上進與發展的機會。一般民眾的生活都自由自在，不復如日據時代受到歧視壓抑。這是臺胞最大的快慰，最幸福的收穫。

然而整個大環境卻存在著障礙。戰後重建，一切都很艱苦，物資缺乏，經濟建設一時不能發生奇蹟。臺灣經過日人搾取從事黷武侵略戰爭，已成爲一副爛攤子，生活資源不足，有些臺胞難免覺得不滿，因而予共黨和野心分子可乘之機。一經挑撥，內外之間就引起隔閡，發生誤會，釀成不幸。對這一局勢的形成，有心人早已看到，並且惄焉憂之，例如唐廷錚就說：

「從不自由中得到自由，對自由的享用特別狂熱，往往超過個人自由的限度。從低落的地位進升至平等，卻又往往不安於同一水平，想要駕凌飛越。雖是矯枉過正，尚不足爲病，因爲這是民主素養不夠的人所常有的事，慢慢可以改進。沒人鼓惑，問題不嚴重，有人煽動，會出亂子。」（頁五三五）

實際上，臺灣當時處在國際共黨統戰大陰謀之下，成爲滲透顚覆的目標又如何可免？唐廷錚說及當時臺灣的情勢：

「中共、臺共、日共，湊在一起，已經很麻煩了，如果再有美共提調包庇，說出事，馬上可以出事的。」（頁三八六）

「外國人鼓勵作亂，一刻也不放鬆。即使沒有緝私事件，遲早也會有別的事情發生。」

（頁五八）

他一再諄諄告囑：「自己的桶箍要緊密，共匪就無法滲入。」在他所主持的企業機構裡，他就嚴密防範奸徒的搗亂，務使內外和諧，團結苦幹，充分發揮了企業精神，也渡過了艱難困厄。然而整個社會的逆流，卻非他所能扭挽。

對於外國共黨在島上的搗亂，本書也有發人深省的記載，作者借唐廷錚之口，機巧地把「天方夜譚」的故事作譬喻：「銅瓶打開，魔鬼巨人劈空出現了！如果邪火燒了東方，回過頭去，就會延燒西方的新大陸。聰敏的漁夫，還不趁早設法把魔鬼收入瓶中，難道眞要使東方糜爛，世界毀滅？」（頁五四七）因而期待「新大陸的漁夫，早將妖魔重新收入寶瓶，以免為害生靈。」（頁五八二）

一場緝烟事件的風波以後，消除了隔閡，加深了互助互諒，自然達到一種新的境界：「經過誤會，大家都有了警覺，懲前毖後，深具戒心，從此互信互勉，建設民生，鞏固基地，未始不是因禍得福。」（頁五八二）

路雖曲折，只要團結信念不渝，一番考驗一番悟，這就是黃帝子孫確保基地反攻大陸的最好保證。

以上是從理解方面抉發本書的正確主題，次就鑑賞方面來看本書的藝術價值。

全書以兩個家庭生活和兩對青年男女戀愛爲經，描寫出內外如何相處，及各種感情的變化。以光復初期寶島社會形態和匪諜活動爲緯，將光復初期的臺島面目，眞實而生動的寫出。故事結構完整細密，前後照應，脈絡分明，重要事故的發展皆有伏筆，預佈線索，沒有生硬突兀，勉強湊合的缺點。兩對男女的戀愛故事，錯綜寫來，一對成功，一對離散，對照之下，讀來使人不勝感慨。

文字方面，作者一貫保持簡潔典雅的風格，不多用修飾辭，而能做到確切、明白、生動，這是須有相當功力的。本書的作者在文字上，尤致力於活的口語的汲取。其一是化平淡爲神奇，創造嶄新的意境，如：在裝得滿滿的網籃中「拔」兩本書。（頁六一）河水「揪」著沙礫中的細草。（頁一九二）「濺」到「話沫子」（頁二二一）等，不勝枚舉，都清新可喜。其二是方言的應用，本書有了新的嘗試。書中好些臺語對話，未必都很熟練，但卻爲寫作開一先例。其較爲新穎的創造語句，如「莫知詳」、「提」、「遞逗」、「賊垃」……等，既與臺語發音相近，又一目了然其含義。

作者有時出語幽默，如寫洪菊子談到故鄉新竹，賀熾章就要買一袋風。（頁一八九）景沛生提到魁星，賀熾章說可以和繆斯媲美。（頁二七五）以及「家是個樊籠，你不能不自己造，自己鑽進去住。」「清風明月，比名韁利鎖衞生點。」（頁一九九）之類，都很有風趣，而且值得玩味。

至於因爲言語隔閡，以致將「西瓜」聽作「死鬼」，「糖」聽作「蟲」，「我不談」誤會爲「王八蛋」等，尤令人絕倒。這雖都是妙手偶得，如果不是平時深入生活，注意採取，是寫不出的。

在人物塑型方面，也很凸出。主要人物的氣質和性格都能把握，如唐廷錚的堅毅幹練，賀熾章的剛烈，柯南輝的鯁直，許秉坤的遊移，茅歆甘的陰毒殘忍，陳阿土的猥瑣，舒澹雲的高逸，洪菊子的靈秀，柯秀娥的明快，江金治的正直，都有獨到的描寫。甚至在外型上，也一一賦與他們以顯明的形相和習慣的動作。如柯南輝時常拉耳朶，賀熾章的不修邊幅，景沛生的小鬍髭，茅歆甘的三角臉，許秉坤的橄欖頭，洪菊子的青春瘰，江金治的金牙等，隨時用各式各樣的素描手法點到，活躍紙上。

人物的心理刻劃，也很細緻。柯南輝對內地人由小事隔閡而終於自悔孟浪，而能從善如流。柯秀娥和麥超，洪菊子和賀熾章之戀，舒澹雲對洪菊子由猜忌而同情相助等，在各人的心理過程上，都有逐漸蘊積的適切的交代。

柯南輝回復主人的地位，恢復自尊的歡愉；柯大受老先生傳統存在著的民族意識；唐廷錚正氣凛然的拒賄和教訓日僑；奸黨的統戰陰謀；賀熾章的壯烈成仁等等，寫來都很深刻。這些故事都不是憑空揑造的，而是由於人物性格的發展所必然會發生的事故，和一般「想當然耳」的浮泛敍述不同。

至於對風景的描寫，原是于吉所擅長的。他往往能發現人所未見或見而未能道出的事事物物，以樸素的筆緻勾劃出來。

他在書中寫光復初期的基隆、臺北的碼頭市街，寫荒涼的北投和陽明山，寫縱貫鐵路的景色，寫臺南的名勝古蹟，都似一幅幅圖畫，呈現在讀者眼底，印象鮮活。舉其寫臺北街景的一例：

「好些建築物的牆壁，留著一些機槍子彈劃過的痕迹，彷彿被利爪抓了幾把。柏油路面上也有許多由槍砲火流餘瀝所造成的麻點和小坑。」（頁五）

又如寫西門町：「路燈暗淡，行人稀少，貨車在路軌上駛過，『貢貢貢』地，路面顫動不已，替空曠寂寥的西門町增添幾分熱鬧。」（頁五五）這一情形，和現在同一地區入夜燈光如海，人車似潮的繁榮昌盛熱鬧景象相比，是如何強烈的對照！作者著意渲染時地的特色，使讀者彷彿目覩光復初期的臺灣景象，一方面使作品充滿著眞實感，一方面由於今昔的對比，自然表現了臺灣二十年來的進步。

在第十八章中，作者幾乎以二十頁的篇幅，寫了颱風，氣魄雄壯，情況眞實。這種描寫，旣以繪摹臺灣地理上的特徵，也由於故事發展和主題加強渲染上有其必要。在大颱風侵襲中，本來是情敵的賀熾章和陳阿土，同居一室，合力抵禦風暴，爲著防制共同的災害而捐棄了嫌怨。這豈僅是私人間的遭遇，擴大言之，正象徵了全島同胞風雨同舟，合力抗禦禍患的積極意義。

在臺灣風土的記述上，作者對於資料的收集，適切引用，使作品的背景非常特出。書中對於光復初期的事事物物，從國語運動到衣食住行的小節，「黑潮」香烟，「羊羹」及和式料理，木屐，便當……都曾提到。在臺灣固有習俗民情方面，從「桃花粥」「度小月」「愛玉凍」，以至兒童遊戲的「走相掠」、歌仔戲的「陳三五娘」，俗曲的「桃花過渡」，史蹟方面的臺北博物館火車頭，臺南鄭祠古梅等，都配合情節，有適宜的描寫，使全書更充滿眞實感。內子普賢也和于吉一樣光復後卽來臺，她讀到這些處，特別覺得親切。我讀此書，使我對臺灣光復初期得到深刻的認識，她卻引起了恍然的回憶。

「黃帝子孫」是一部有深度耐咀嚼的書。于兄對這部書雖耗費許多心力，但他究竟也是幸運的，他親身經歷了光復初期這一段歷史，能把握其重心所在，又有一枝生花妙筆將其曲曲傳出。這本書固然增進讀者對民族團結的理解，更使讀者受到感動。憑著這些優點，相信這本書是經得起時間的考驗，和「鬱雷」一樣，非但在這一時期的中國文學創作上有其應得的地位，也將永遠是我們這一時代的生動的記錄，成爲反映歷史的傑作。

五十四年十月於臺北

第三輯

從詩經篇與篇的連續性談起

——簡介李辰冬博士「詩經研究」

詩經三〇五篇，篇與篇之間，雖無明顯的連續關係，但歷來說詩的人，在無意之中，都有一個把篇與篇聯繫起來的企圖。可是如果聯繫得好，當然令人讀來格外有情趣，如果聯繫得太牽強，則反把詩篇僵化了，成爲被指責的垢病。

毛序把邶風自第二篇綠衣至第五篇終風，連續四篇，指爲衞莊姜傷己送別之作，毫無根據，已經牽強附會，但反對毛序的朱熹作詩集傳，明知這四篇「無所考」而仍「姑從序說」，並且把綠衣前面的邶風首篇柏舟也加了進去，說「與下篇相類，豈亦莊姜之詩也歟」，如此，把邶風開頭五篇，都聯繫在莊姜身上，而且成爲莊姜的作品了。

毛序最爲人垢病的，是不但把篇與篇聯繫起來，而且把二南總括爲：「關雎麟趾之化，王者之風」（周南）「鵲巢騶虞之德，諸侯之風」（召南）而以周南召南爲「王化之基」。更進一層，把周南十一篇都解爲文王「后妃之德」，而曰「關雎后妃之德也」，「葛覃，后妃之本也」「卷耳，后妃之志也」「樛木，后妃逮下也」，「螽斯，后妃子孫衆多也」，「桃夭，后妃之所致也」，「兎罝，后妃之化也」，「芣苢，后妃之美也」，……而最後曰：「麟之趾，關雎之應也」。把召南十四篇都解爲諸侯「夫人之德」而曰：「鵲巢，夫人之德也。」「采蘩，夫人不失職也」，……而最後曰：「騶虞，鵲巢之應也」，這樣把二南的二十五篇穿鑿得大多僵化了。朱熹集傳雖棄毛序，而仍用序意，依然不能有所挽救。

當然，現在我們已經用新的眼光新的方法來研究詩經，不再用「王者之風后妃之德」「諸侯之風，夫人之德」來解二南，也不把邶風開頭連續幾篇，繫之於莊姜一人，但從篇與篇的連續中去求得的情趣，還是保留著的。文開與內子普賢合撰詩經雜碎，於王風，採朱熹之說，把君子陽陽篇的共舞之樂，解釋爲前一篇君子於役所詠婦人思念的久戍之夫歸來後的夫婦歡聚；更於召南甘棠篇採魯詩所說召伯「止於棠樹之下，聽訟決獄」與下一篇行露的毛序「行露，召伯聽訟也」聯繫起來，完成兩篇的連續性，這樣，並不牽強，而詩的情趣格外顯露。

記得當我第一次聽人說可把古詩十九首解成是一人所作，所詠之事也可一篇篇連續起來時，眞要雀躍歡呼，其驚喜可知。

來到菲律賓，倐逾四載，對國內文壇，已很隔膜，學術界的新著，更少寓目，聽說李辰冬博士有詩經三〇五篇都是吉甫一人所作的新發現，這是驚人的消息。但又聽說這新發現，只有梁實秋先生一個人表示首肯，許多人都採取冷淡的態度，以爲只是標新立異而已。是的，要把五百年的作品，壓縮成數十年的時代，要把十五國風和三頌泯除地域的區分，似乎是不可能的，要把三〇五篇貫串在一人身上，更得要推翻多少歷史的記載，和最可靠的詩中自述的作者姓名，那裡可能！李博士從前主張，詩經的作者都屬於「士」這一身份的人，還說得通，三百篇是一人所作，決不可能！

可是我知道李博士不是信口開河，他的主張一定有根據，他撰寫陶淵明評論那種用科學的方法，積年累月地下苦工認眞研究的態度，我是十分敬佩的，所以這次此地舉辦文教研習會，得知他應邀來菲主講時，我便去信，要求他把他有關詩經研究的著作帶來借閱。

李博士一下飛機，我們便在機場見面敍舊，並告訴我特地帶來三本詩經的著作送我，要我閱後提供意見。因爲大家都很忙，著作一星期後才拿到，化了三星期的時間，才匆促地瀏覽一遍。李博士研究詩經的著作，一部分發表在雜誌上，一部分油印成講義，尚無專書發售，我得到的三本，是師範大學的講義「詩經研究」上下兩册，和師大學報第七期的抽印本「詩經通釋」，而他在師大學報第六期和大陸雜誌，作品月刊等所發表的，我以未能拜讀爲憾！師大講義，錯字和脫漏太多，我也未能仔細校讀。（詩經通釋中也仍有錯字和脫漏，例如第十五面解小星篇「肅肅宵征」句，統計詩經中用「肅肅」的共八篇，但只舉了七篇，把有「肅肅其羽」句的鴻雁篇漏了。）所以我無法提出正式的意見。我們見面時，也只有一次機會略談幾句，表示我對李博士的衷心敬佩和不滿足的要求而已。

我衷心敬佩的是李博士積十年研究詩經的工夫，而有此驚人的新發現，說：「吉甫是詩經的作者，詩經就是吉甫的自傳」。李博士從十一篇鑰匙詩的考證，推斷了吉甫八個階段的生平事蹟，也貫串了全部詩經三〇五篇的寫作次第，非但「持之有故」，而且「言之成理」。這是比蘇雪林女士從無人能解的玉溪生詩中發現作者李商隱的戀愛事蹟，發表李義山戀愛事蹟考（出單行本時改名玉溪詩謎）更值得注意的大事。

我不滿足的要求是李博士雖已「大膽的假設，小心的求證」，證據還不夠充足，解說還不夠詳密，因此，可議之處還很多，這一主張，還不能到達圓通的地步，他的打破十五國風二雅三頌的分類，重新編三〇五篇次第的工作——詩經通釋，也只完成了五分之一的初稿，繼續努力的要求，不得不提出，這項工作，恐怕別人也一時難於插足，尤其像我這樣身在海外，公餘欣賞詩經，參考的書籍，無法借閱，只有自己化錢設法從臺港兩地託人採購，非常困難，往往連現代人的書，我都無法直接參考，那有辦法作深入的研究？

李博士對衞風碩人一篇，仍主是美莊姜之詩，但不作於衞莊公五年（公元前七五三年）而係周宣王七年（公元前八二一年）莊姜出嫁時吉甫所作，史記衞世家曰：「莊公五年，取齊女爲夫人（因稱莊姜）好而無子，又取陳女爲夫人，生子早死，陳女女弟，亦幸於莊公，而生子完（卽桓公）完母死，莊公令夫人齊女子之」，現在李博士解釋是莊公娶莊姜六十八年後無子，所以於莊公五年再娶陳女，但又說：「宣王三年惠孫的歲數當在三十以上，而莊公的歲數當更大，換言之，莊公揚是三十多歲才完婚」。這樣，我們依照李博士的話推算，周宣王三年（公元前八二五年）時衞莊公爲三十二歲，則七年娶莊姜時爲三十六歲，娶莊姜六十八年無子而娶陳女時已一百零四歲，一百零四歲娶陳女生子，早死，又寵陳女之妹而生子，似屬不可能，我提出這問題請教李博士，李博士說詩經牽涉的問題太多了，都得寫專文闡說才可得新觀念，西周時人長壽，他們一般的結婚年齡，生殖年齡，壽終歲數，都有作統計研究的需要，研究詩經全部問題的解決，至少他再要化十年工夫，也許詩經的作者是吉甫這問題提出後，大家來研究討論，要三五十年後才能完成。

是的，李博士的詩經研究，是詩經全部篇與篇連續起來的最大嘗試，其工程的浩大，又豈可與古詩十九首的連續嘗試同日而語！連續的成功，對於詩經的情趣，會有極大的增長，但毛序的前車可鑒，也得小心避免穿鑿附會。

茲舉李博士打破十五國界限後將衞風綠衣（正名爲褖衣）和鄭風緇衣聯繫起來後，特別增加情趣的一例，以結束本文。

緇衣：吉甫既娶仲氏，仲氏爲吉甫縫製制服（緇衣），給他穿了去辦公。下班時，則她已預備好飯菜等他回來了，生活雖清苦，夫婦的恩情，則是吉甫無上的安慰，吉甫因作詩以記其事，緇衣我們原已編入詩經雜碎第四八則（在創作月刊連載）但無夫婦姓名，今將原詩和今語試譯一併錄下：

原詩	今譯
緇衣之宜兮，	黑色制服很稱身哟，

敝，　　　　　　　等穿舊了，
予又改為兮！　　　我再給你翻個新喲！
適子之館兮，　　　去上辦公廳吧，
還，　　　　　　　等你回來，
予授子之粲兮！　　我給你準備好了飯菜喲！
緇衣之好兮，　　　黑色制服很好看喲，
敝，　　　　　　　等穿舊了，
予又改造兮！　　　我再給你改一遍喲！
適子之館兮，　　　去上辦公廳吧，
還，　　　　　　　等你回來，
予授子之粲兮！　　我給你準備好了飯菜喲！
緇衣之席兮，　　　黑色制服很寬大喲，

敝，　　等穿舊了

予又改作兮，　　我再給你改一下喲！

適子之館兮，　　去上辦公廳吧，

還，　　等你回來，

予授子之粲兮！　　我給你準備好了飯菜喲！

褖衣：此詩舊題綠衣，鄭玄箋：「綠，當作褖」，今依鄭箋將綠字更正為褖，李辰冬曰：「綠，鄭作褖，吐亂反，綠衣，即褖衣，儀禮士喪禮：褖衣注『黑衣裳』，禮記玉藻：『士褖衣』，是褖衣即緇衣。」

吉甫結婚不久，即東征齊魯，仲氏受翁姑虐待，不堪忍受，三年後吉甫歸來，仲氏求去，吉甫無法調停，仲氏去後，吉甫檢得舊時仲氏手製制服，睹物思人，感慨系之，因作詩以抒其情，兩詩前後映照，情趣格外顯露，讀者無不隨伴作者的悲歡離合，受其感染而共鳴，這樣讓我們得以奇文共欣賞，就要歸功李博士巧妙的聯繫了。

原詩

褖兮衣兮，
褖衣黃裡，
心之憂矣，
曷維其已！
褖兮衣兮，
褖衣黃裳
心之憂矣，
曷維其亡。
褖兮絲兮，
女所治兮，
我思古人，

今譯

黑外衣喲，
黃裡衣，
心憂傷喲，
無盡期！
黑上衣喲，
黃下裳，
心憂傷喲，
那能忘！
黑衣上的絲線喲，
是你一手牽，
思念我的故人喲，

俾無訧兮，
絺兮綌兮，
淒其以風，
我思古人，
實獲我心！

來減輕我罪愆！
葛布粗喲葛布細，
寒風吹來冷淒淒，
思念我的故人喲，
我心跟她在一起！

五十二年六月十六日馬尼拉

中國詩的神韻說

我國的文學理論，在新文藝輸入以前，清朝一代，最爲發達，派別也最多。就詩的理論言，有王士禎的神韻說，沈德潛的格調說，袁枚的性靈說，翁方綱的肌理說等，各有獨到的見地。其中神韻說的勢力最大，在當時固風靡詩壇，對後世的影響也特別大，直到現在還仍爲文藝理論上一個討論的題目，因此引起筆者把神韻說試作一概要的敍述的企圖。

一　神韻說的淵源

一般說，王士禎的神韻說淵源於南宋嚴羽的滄浪詩話。嚴羽字儀卿，邵武人，自號滄浪逋客，其滄浪詩話之重要，在以禪喻詩，以悟論詩，他說：

「詩者吟詠性情也。盛唐諸人，惟在興趣，羚羊掛角，無跡可求，故其妙處，透徹玲瓏，不可湊泊。如空中之音，相中之色，水中之月，鏡中之象，言有盡而意無窮。論詩如論禪，大抵禪道惟在妙悟，詩道亦在妙悟。且孟襄陽（浩然）學力下韓退之（愈）遠甚，而爲詩獨出退之上者，一味妙悟而已；惟悟乃爲當行，乃爲本色。」——答吳景仙書。

印度佛教自漢朝傳入我國後，至六朝而佛學昌盛，至唐代而有中國化佛學的禪宗之風行。至宋代儒學亦受佛學影響而有理學的興起，兩宋詩人的以禪與悟論詩的，也不在少數，嚴羽不過是其代表而已。而且當時嚴羽並未標擧神韻之說，只是王士禎推崇他的主張，以建立自己神韻之說，遂使嚴羽被目爲神韻說的開創人。如果要追尋詩論的合於神韻說最早的人，則更應上溯到唐朝的詩人戴叔倫。

戴叔倫曾謂：「詩家之景，如藍田日暖，良玉生烟，可望而不可卽。」這正是王士禎所提倡神韻說的詩的境界。

我國自唐宋以來，文化的各方面都深受佛教的影響，神韻說的詩論，便是在文學方面一個顯著的例證。其實，是唐朝詩人王維孟浩然等先因受到佛學的影響而寫出他們境界高超的詩來，於是有戴叔倫的指陳，有兩宋詩人禪悟之論列，對王孟之特別推尊。所以要追溯神韻說的淵源，則先有妙悟的詩人作品，再有詩的妙悟之論，到最後才有正式的神韻說的標舉。

二　王士禎及其神韻說

王士禎（一六三四——一七一一）字貽上，號阮亭，又號漁洋山人，山東新城人，爲清朝康熙年間的大詩人。他爲糾正當時詩人模仿宋詩有「清利流於空疏，新靈寖以佶屈」的弊病，乃變格調之說而標舉神韻。

他說：「嚴滄浪以禪喻詩，余深契其說，而五言尤爲近之。如王裴輞川絕句，字字入禪。他如「雨中山果落，燈下草蟲鳴」，「明月松間照，清泉石上流」，以及太白「却下水晶簾，玲瓏望秋月」，常建「松際露微月，清光猶爲君」，浩然「樵子暗相失，草蟲寒不聞」，劉眘虛「時有落花至，遠隨流水香」，妙諦微言，與世尊拈花，迦葉微笑，等無差別。通其解者，可語上乘。」（蠶尾續文二，畫溪西堂詩序）「捨筏登岸，禪家以爲悟境，詩家以爲化境，詩禪一致，等無差別。」（香祖筆記八）

又說：「古人詩畫只取興會神到，若刻舟緣木求之，失其指矣。」（池北偶談十八，王右丞詩條）「古人詩只取興會超妙，不似後人章句，但記作里鼓也。」（漁洋詩話上）最後說：「詩以清遠爲尙，而其妙則在神韻。」（池北偶談十八）

他更引司空圖詩品中之「不著一字，盡得風流」，嚴羽「羚羊掛角，無跡可求」，蘇東坡「空山無人，水流花開」數語，爲其神韻說作註解，並本此數語而選定「唐賢三昧集」。

王士禎的提倡神韻，並沒有寫成一篇系統的論文，可是隨處觸發，都見妙義，當時他的神韻說，曾傾動一時。加之，他的才學足以實踐他的理論，因此能領袖詩壇，號稱一代詩宗。

他的足以代表神韻的詩略舉如下：

惠山下鄒流溪過訪

雨後明月來，照見山下路。人語隔溪煙，借問停舟處。

眞州絶句

曉上高樓最上層，去帆婀娜意難勝！白沙亭下潮千尺，直送離心到秣陵。
江干多是釣人居，柳陌菱塘一帶疏。好是日斜風定後，半江紅樹賣鱸魚。

雨中渡故關

危棧飛流萬仞山，戍樓遙指暮雲間。西風忽送瀟瀟雨，滿路槐花出故關。

寄陳伯璣金陵

東風作意吹楊柳，綠到垂楊第幾橋？欲折一枝寄相憶，隔江殘笛雨蕭蕭！

又眞州有句云：「綠楊城廓是揚州」。入蜀有句云：「騎馬青衣江上路，一天風雪望峨嵋。」江上云：「晚趁寒潮渡江去，滿林黃葉雁聲多。」入粵時有句云：「青笠紅衫風雪裡，一林楓柏馬蕭蕭。」明水云：「亭山城外皆秋色，半是荷香半稻香。」

當時楊繩武給他寫的神道碑銘這樣的推崇他：

公之詩旣為天下所宗，天下人人能道之。然而公之詩非一世之詩，公之功非一世之功也。公之詩籠蓋百家，囊括千載，自漢魏六朝以及唐宋元明人，無不有咀其精華，探其堂奥，而尤浸淫於陶孟王韋諸公，有以得其象外之音，意外之神，不雕飾而工，不錘鑄而鍊，極沈鬱排奡之氣，而彌近自然，盡鑱刻絢爛之奇，而不由人力。嘗推本司空表聖味在酸鹹之外，及嚴滄浪以禪喻詩之旨，而益伸其説，蓋自來論詩者或尚風格，或矜才調，或崇法律，而公則獨標神韻，神韻得而風格才調法律三者悉舉諸此矣。(清文錄)

照楊繩武說，神韵中有風格有才調有法律，所以可以「籠蓋百家，囊括千載」，可是王士禎當時便遇到了主張聲調說的趙執信之反對。稍後又有主張性靈說的袁枚和主張格調說的沈德潛成爲他的勁敵，因此王士禎的地位沒有能站穩，他的詩風，也沒有能在長期的盛行中得到充分的發展。

三　神韻說的評價

漁洋當時的反對派是他的甥壻趙執信，趙著「聲調譜」以考訂古代諸大詩家之韻調，並援引馮鈍吟的話作「談龍錄」力排漁洋，可是趙本身是走的反動路線，著譜令人逐字摹擬，這那裡行得通？至於主張格調說的沈德潛，他是兼容並蓄的，對於漁洋的神韻說，還是相當尊重。

主張性靈說的袁枚，攻擊一切擬古的，要人直抒性靈。他說：「詩有人無我，是傀儡也」「詩者各人之性情耳，與唐宋無與也。若拘拘焉持唐宋以相敵，是己之胸中有已亡之國號，而無自得之性情，于詩之本旨已失矣。」「平居有古人，而學力方深，落筆無古人，而精神始出」。這確是漁洋的勁敵，漁洋宗王孟，不見透徹的禪悟，其詩自不及王孟，但神韻說也著重性情，只是一般所謂性情，是表現個性，而神韻派則著重於修養中得來的一種靜穆淡遠的高超情操，以見詩人風度。

然而袁枚又說：「以清新機巧行之，是爲眞詩。」所以袁枚的主張，實際上已不是袁中道之流的性靈，而其詩也趨於纖巧，往往只是賣弄聰明而已。王士禎的詩，有時過於修飾，喜用僻事奇字，亦是大病，例如有名的秋柳詩，卽全是典故的堆砌，不足爲法。可是像前舉諸詩，都能情景交融，於淡遠綿渺中見雅人風致，確是上乘作品。

袁枚翁方綱雖反對王士禎，但並不是完全反對神韻說的，對王士禎個人，也仍相當尊重。翁方綱批評王士禎說：「新城變格調之說而折衷以神韻，其實格調卽神韻也。」又著神韻論云：「詩有於高古渾樸中見神韻者，亦有於風致中見神韻者，不能執一以論也。」不知王士禎作詩，正如王維有多方面的才力，不僅限淡遠一格。林昌彝駁斥袁枚云：「阮亭詩用力最深，諸體多入漢魏唐宋金元人之室；七絕情韻深婉，在劉賓客李庶子之間。其丰神之蘊藉，神味之淵永，不得謂之薄，所病者微多粧飾耳。若阮亭詩不喜縱橫馳驟者爲之薄，阮亭豈不能縱橫馳驟乎？簡齋之論，阮亭有所不受。」（射鷹詩話七）

可是，我們既不同意翁方綱的「格調卽神韻」之說，而楊繩武推許到認爲「神韻得而風格才調法律三者悉舉諸此矣」，袁枚的稱王士禎不知詩和才力薄，我們也都認爲不恰當。因爲王士禎神韻說的特殊價値，正在標舉這淡遠一格的逸品。這是我國文學中最高境界之足以表現我文學的特性的。王孟之詩卽其代表。像印度泰戈爾的詩，有些也可稱逸品，但他超脫不掉上帝的觀念，我國的逸品是可以說比較更高一等的。

現在，我把近人用科學方法研究神韻說的結果，介紹一下。

日人鈴木虎雄分析神韻詩的特質有七：一、心理狀態要平靜；二、寫景喜歡平遠；三、物象宜稍茫昧；四、春比秋好，夏比冬好，晝比夜好；五、貴小不貴大，貴淡不貴濃，愛用「微」字；六、忌力的猛烈的表示，而要溫和；七、不即不離。

朱光潛以前寫「文藝心理學」一書，也論到詩的神韻。他最愛唐人錢起湘靈鼓瑟詩的收尾兩句：「曲終人不見，江上數峯青。」他說：「『曲終人不見』所表現的是消逝，『江上數峯青』所表現的是永恆；可愛的樂聲和奏樂者雖然消逝了，而青山卻巍然如舊，永遠可以讓我們把心情寄托在它上面。」又說：「藝術的最高境界，都不在熱烈，熱烈的歡喜或熱烈的愁苦，經過詩表現出來，都好比黃酒經過長久年代的儲藏，失去它的辣性，祇剩一味樸醇。如果由『曲終人不見，江上數峯青』兩句詩中，見出消逝中有永恆的道理，它所表現的情感，就決不祇是淒涼寂寞。就祇有『靜穆』兩字可形容了。」

神韻派的詩是興到神會時的自然作品，我們把一種不可言說的心情，寄託在當前的景物上含蓄地表現出來，使人感覺不可捉摸，但有無窮的意味。這是藝術的超越技巧，這是詩的最高境界。

記賓四先生在三師

賓四先生自民國十二年秋起執教於江蘇省立第三師範，擔任我們的級任兼國文教員，連續達四年之久。到民國十六年夏天，三師改組爲省立無錫中學，才離開我們他去。民國三十二年春天，他在重慶中央訓練團高級班講學，我約了一位三師的同班同學一起到復興關去看他，談起在三師時的往事，他說出了兩個印象：第一，他教過的學生，以在三師所教我們一班爲最親密，那時朝夕與共，四年間眞是親如家人子弟，在大學裡教書，便缺乏這份溫暖的感情了；第二，他在三師時代，著作最勤，每年至少寫稿一部，如第一年教我們時編的「文字源流」講義就是其中之一，當時自覺太粗略沒有接洽出版，現在想來，內容很有獨到的見解，那本講義還是有點意義的。去年七月，新亞書院舉行第二屆畢業典禮，他說這九位畢業同學是從新亞開辦以來，用四年的心力親自教導出來的學生，其親密的程度也如同在三師擔任級任的一班。而他在這四年間的著作力，卻比在三師時代更爲旺盛；四年間竟出版了近十本書。然而，在賓四先生四十年的教書及三十年的著作生活中，三師時代，確是他最爲懷念的時期。他要我把那四年間的觀感用「回憶瑣記」的方式寫出來。我的記憶力很差，又沒有幾位當時的同學可以諮詢，所以只能把我印象最深的事記一些下來，來湊個熱鬧而已。

賓四先生在三師執教四年，始終是我們一班的級任兼國文老師。那年秋天舊制五年的師範剛改爲六年的前期後期各三年的新學制，但我們都是三年制的高等小學畢業的，比新制的六年小學已多讀了一年，所以一進校就編爲前期師範二年級。賓四先生也剛從集美師範回到故鄉來接受三師的聘請，就擔任了我們的級任老師。直到我們升爲後期師範二年級，他還是我們的級任。到民國十六年秋三師改組爲無錫中學，我們成爲最高級的高中師範科三年級時，他被蘇州中學拉去，才離開我們。

在這四年間，他培養我們課外研究學術的能力，教我們不要專爲分數而讀書。第一年，我們的國文課，除去歷代名作選讀外，另有「論語」、「文字學」、「古詩選讀」三種。「論語」一門，他自編講議「論語要略」交商務印書館出版。另又指導我們在課餘把「論語」分類重編，以爲對孔子的政治、哲學以及教育方法等分別研究的依據。書成之日，他還給我們做了一篇序文放在卷首。他的文章，很像王荊公。古詩最初是讀的「古詩源」。那時他自己也做詩給我們看，我覺得他的詩很像趙甌北，別有風格，但後來就沒再看過他的詩作。文字學一門，他自編講義「文字源流」外，也指導我們閱讀章太炎有關小學的著作。於是我們各就所好，課餘都向圖書館做研究工作去，結果各科的考試就不肯花工夫去好好預備，大多成績平平，甚至不及格。

記得第一學期，我頂喜歡文字學，考中國歷史沒有預備，以爲有了歷史的常識就可以對付了。不料擔任歷史的向質諷先生出的題目偏重於冷僻事件的測驗，加以我發到的一份試題，又油印得太濃了，以致「宗澤」化成「宋澤」，還有些字簡直認不出，於是很多題我答不出或答錯了。其中一題是「西洋人來中國的第一人是誰？」這在教科書上指明是馬可波羅，但我記不清書上譯的是「馬哥孛路」還是「馬可波羅」等等，總之，那時四字中寫錯一字，便算答錯了。我無可奈何，便在試卷上答西洋人來中國的第一人應該是東漢時大秦國的使者，教科書上講錯了。這次歷史考試我自知一定要不及格了。那知就憑這一題，向先生把我試卷特地送給我們的級任老師看，兩人相商，竟把我的歷史成績拔置甲等，賓四先生馬上在班上把我大加讚揚一番。於是在他的文字學一門的考試上，我大膽發揮我的心得，連把國語注音符號也應用到雙聲疊韻的舉例中去。賓四先生的這一門功課，我考得第一名。其他的同學，也各有表現，例如研究論語成績最好的是安紹昌，古詩最有研究做得最好的是沈有威。風氣已成，專門研究別種功課的也有了。例如後來在北新書局任編輯的錢洪翔，有幾門功課成績不好，賓四先生曾在班上提出警告，但等到發現他對某一方面有特殊研究時，又馬上大加讚揚。向來不注重英文數學的三師，我們為升學準備，很多人轉移研究對象，結果有幾人在三師讀了三年，便以同等學力考取大學升學去了。畢業後就業的也有一出校門便被聘為初中教員的。

宣揚各人特長的是校刊「弘毅」。張宗彝是我們自修英文成績最好的，我們師範生沒有一個英文會話說得好的，但張宗彝的英文作文卻已到能做詩的程度。他最喜歡雪萊的詩。有一時期我和他同一宿舍，熄燈後沒有睡著，他便會把他喜歡的雪萊詩背給我聽，背到我也跟著背得出。我則把我喜歡的唐宋詩詞背給他聽，一會兒他也琅琅上口了。於是翌日他把唐宋詩詞譯成英文，我把雪萊詩譯成中文。因而我除把自己寫的小說詩歌文藝論文等投寄上海刊物外，校刊上又有我的譯詩了，只可惜張宗彝後來做了工程師，便沒有顯露他文學的才能。

有人一定要說，三師學生，一向有研究風氣的，像高我們四班的袁家驊，在三師讀書時便出版了他的「唯情哲學」。是的，子泉（錢基博）先生在三師執教時，他編著「白話文範」、「國學必讀」等書，同學很受他的影響。但我們這班進三師時，子泉先生已到約翰大學教書去了。恰好賓四先生來接替他的崗位，繼續提倡學生的研究精神，並且格外使它普遍化。賓四先生一到三師就舉行了幾次學術演講，以後又在高班兼課。據我所知，比我高一兩班同學的研究諸子和左傳、史記的風氣，都是賓四先生提倡出來的。

同時，三師的同事也很受賓四先生的影響，我現在只舉一個例。賓四先生教我們論語時，我們是最低班，第二年的最低班由蔣錫昌先生教，我們這班有一位同學因病留級，向蔣先生提出問題，和蔣先生辯論一番，竟把蔣先生難倒了。於是蔣先生說錢先生教過的留級生我都教不下，讓我辭職回去閉門讀書三年再來吧！當時三師當局雖把蔣先生挽留住了，後來他還是回去閉門潛心研讀了三年，著成「老子研究」、「莊子哲學」等書，交商務印書館出版，終究也成爲無錫一位名學者。

賓四先生在三師教我們的國文科，第二年是歷代作家選讀和孟子，第三年是記敍文和史記，第四年是議論文、左傳、國學概要。國學概要的講義他改名爲「國學概論」，無異寫了一部中國思想史，但第五年他離開我們沒有能再走下去。三師改組爲錫中，校長陳谷彥先生也換了。新校長王克仁先生請來一位也是名國文教師許夢因先生擔任我們一班的國文。他編過中學國文課本，古文做得有一手，但因爲他出口說了這樣一句話：「錢穆是我在常州中學堂的同學，我不是不知道他，有什麼了不起？」就激怒了我們，於是許先生要教的課，我們都預先準備好，他上課時竟被我們指出講解的錯誤，他發揮議論，也被駁倒，他改的作文，也被引經據典的指出改得不當，弄得他坐立不安，不到兩個月，請病假走了。我們看著他凄然病走，當時還覺得很痛快，但事後也懺悔了。以後來的國文老師固然再不敢自大，我們也不再爲難，仍各自埋頭做自己的研究工作了。後來賓四先生固然成爲北方的紅教授，許夢因先生在光華大學等校教書，在南方也頗負文名呢！

現在六十高齡的賓四先生，已經是一位慈祥老人，和藹可親。但在三十年前他給我們的印象卻是「君子威而不猛」，他平時不苟言笑，到宿舍去看他，不是伏案工作，就是一卷在手。身體雖矮小，望之凛凛然不可侵犯，令人肅然起敬，有的同學甚至怕他怕到不敢走進他房間去，但一上講堂，他的條理清晰而扼要的講解和滔滔不絕的精闢議論吸引住了每一個人，又叫人去親近他，愛戴他，恨不得每堂都是他的課。在三師四年，我們對他的感情，始終是「敬愛」兩字。記得第一年的暑假中，傳出了他要到別處去高就的消息，同學們連忙紛紛去函懇切挽留，並要求陳校長無論如何不要放他走；情緒的熱烈，一下子表現出來了。就這樣，我們把他挽留了下來。

只有在遠足或旅行時，他對我們是有說有笑的。記得第一次遠足太湖名勝梅園萬頃堂歸途，只見他矮小的身影，左肩鼙下，右肩聳起，一聳一聳的健步如飛，使疲憊的同學們不由得不振作精神追隨上去；滑稽多端的徐秉衡，在他身後學他把右肩聳上兩聳，引得大家忍雋不禁，覺得的確玩得夠暢快了。

賓四在遠足或旅行時，他常把名人的詩文印發給我們。記得旅行西湖時，預發的詩文，簡直是一本講義，我們先讀過一遍，到了西湖，再隨時就地翻閱，獲益匪淺。這和近年在香港跟他爬山，他愛帶上一架相機，一同拍照，又是另一種情趣。

平時賓四先生很少談當代政治，民國十四年春　國父逝世，無錫各界在三師大禮堂開追悼大會，開始聽到他崇仰　國父的言論，大約要到這時，他才認識了　國父是中國文化精神的繼往開來人，是中華民族魂的喚醒者。他先讀了　國父北上時從上海經過日本的言論，對國父回答日本人問大亞洲主義的談話發生了興趣，才讀「中山全書」的。從此他成爲中山學說的信仰者，至今不變。他首先在「國學概論」一書中對近代中國思想界的敍述，唯獨推尊國父的三民主義，以後在「國史大綱」等書中仍維持這一態度，雖則他始終是沒有黨籍的人。

施之勉先生和賓四先生是同學又曾同事，是來往四十多年的至交，民國十五年秋天，施先生在鄉下養病，兩人通信討論秦博士及西漢今古文之爭，登載在校刊「弘毅」上，引起了三師當局對施先生的注意，於是賓四先生親自下鄉探病，並介紹施先生來三師教書。下鄉時賓四先生向我查問路程，我告訴他如何搭火車，如何換航船，上岸後如何步行到施家，並畫了一張地圖給他，他下鄉後就把施先生請來三師教歷史。我暑假中在鄉下也辦過免費的暑期學校，敦請前輩有名望的先生來任教，並出版刊物。因此賓四先生稱許我熱心而有辦事能力。當時我在三師第二年秋天害了一場傷寒重病，以後貧血了兩年，只是帶病上課，敷衍功課，到第四年才重新振作起來。中間兩年對功課毫無表現，所以他對學生稱許學問有特殊表現的話，就輪不到我頭上來了。現在想起同班同學中途因病逝世或退學的有好幾位，覺得還是不勝哀痛！三師當局不是不注意運動和衞生，其奈師範生的營養實在太差了。高深的學問，寓於健康的體格，賓四先生早年體格強健，對他埋頭苦讀，潛心學術，歷久不衰，實在是一個不可缺少的條件。

本文爲糜教授遺作，之後發表於八十三年五月四日世界日報副刊

賓四先生奮鬥史

賓四先生已經六十歲，今年七月三十日，是他的六秩壽辰，香港人生雜誌擬特出祝壽專號，來信徵求祝壽紀念文，並指定我寫篇傳記。錢先生平日專心教育事業，埋首研究工作，和人談話，也不離教育和學術，很少涉及個人歷史，所以大家雖都知道他是從初級小學教書，逐步擢升爲大學名教授的一位了不起的學者，但對他早年的歷史，都不很清楚。我兩度做了他的學生，在我中學時代，他便做了我四年的級任先生，大家以爲我對他的歷史很熟的了，那知我也不能寫他的傳記。一來我對他早年的事蹟還不頂熟，二來我對他等身的著作還不能扼要精確的加以記述。去年在香港他留我在新亞書院教課期間，我與他朝夕相見，我曾請求他寫本自傳，我願任筆記工作，他很謙虛，要留待將來，一面也正表現他不認老，他時刻在謀新亞書院的發展，天天在埋頭著作，一年之中，寫稿將近一百萬字，實在是無暇來寫自傳一類的東西，雖則別人在年輕時便寫了。我想寫一賓四先生著作年譜，也因學力不夠，不足勝任，半途而廢。現在我身在臺灣，又失去了當面請教的方便，對這樣一位偉大的學者，自然無法寫出一篇恰當的傳記來。我只將他最足以鼓舞青年向學之心的一段苦學奮鬥的歷史，把它簡略地記述一些，表示我一點虔敬的心。

賓四先生姓錢名穆，江蘇省無錫縣南門蕩口人。排行第四，所以號賓四。出生於前清光緒二十一年，即民國紀元前十七年，公元一八九五年。出生的日期爲陰曆六月初九日。家境清貧，十二歲便死了父親。雖然幸運地有機會成爲常州府中學堂的一個窮學生，和張煊、劉半農等同班，但在一次學潮中退學了，好容易轉入南京私立鍾英中學讀了一年才畢了業。於是早在民國元年他十八歲的時候，便充任鄉村初級小學的教員。

他先後在蕩口鎮附近幾處鄉村小學教書，每晚刻苦自修，攻讀古書。他沒有先生指導，自己埋頭閱讀，有讀不通的，讀了一遍，再讀兩遍三遍，一定要推考前後文讀通才罷手。有時疑心書上字句印錯了印顚倒了，便試擬改正它。他讀墨子時把字句改正了不少。後來查閱商務書館的辭源，知道有清朝孫詒讓校正的墨子閒詁，便進城託文華書局向上海去買來。那知把墨子閒詁翻開一看，很多地方正與他自己校改的完全相同，於是對自修古書得到了絕大的信心，興趣也增加了，格外努力用功。雖然冬夜窗外冰雪凝寒，他仍每天在燈下盤膝兀坐，一手按摩着冷僵的雙足潛心自修。這樣刻苦地暗中摸索，終於養成了一套無師自通的讀書本領。但他也已做了十年的小學教員。

現在常在大陸雜誌發表考古文章的施之勉先生，是他常州中學的同學，有一年施先生當了集美師範的教務主任，偶而在報上讀到賓四先生的文章，非常賞識，便邀請他到福建去教書，從此賓四先生纔做了中學教師。在集美教了一年，又回到故鄉江蘇省立第三師範任教。他的著作開始正式在上海商務印書館出版。他的第一部著作是「論語要略」，是他二十九歲那年所寫。以後相繼出版的是「國學概論」「孟子研究」等書。他在第三師範任教四年後，被蘇州中學校長汪懋祖先生請去擔任該校首席國文教師，開始與蘇州名史學家顧頡剛先生等往來。三年後便被請到北平去擔任大學教授。他連續擔任中學教員共八年。

北平是全國第一流學者匯集的地方，各圖書館藏書也最富，在這樣的環境中，賓四先生如魚得水，格外潛心研究，他經過了二十年的艱苦奮鬥，他的光芒開始照耀着全國學術界了。他在北京大學任教，又在清華、燕京、師大等三校兼課，成爲北平最紅的教授之一。北京大學有三位最吃香的教授，上起課來，怎樣大的教室也容納不下聽講的學生，其中兩位便是胡適之先生與賓四先生。當時適之先生的半部中國哲學史大綱風靡全國，而賓四先生尚默默無聞。他到北平後陸續編撰出版四部有力的著作，才奠定了他在學術界的崇高地位，成爲我國第一流的學者，成爲史學界的權威。這四部著作可以說是他的成名作。這四部成名作的書名是：一、劉向歆父子年譜，二、中國近三百年學術史，三、先秦諸子繫年，四、國史大綱。現在把他寫這四部書成名的情形略述於下。

我們中國這幾十年的思想受了西方文化的影響，學術界的風氣，發生過三次大變化。第一次是清末康有爲寫大同書主張變法，一時學者競以經學談政治。康有爲是經學今文學家中的公羊學派，他又著新學僞經考一書反對古文學家，說古文經皆劉歆僞撰。第二次變化是五四新文化運動起而胡適提倡實驗派哲學的中國哲學史大綱上卷出版，於是經學漸衰而諸子學興，學術界有不談政治的新趨向。青出於藍的康有爲大弟子梁啓超也去清華教書，有不談政治二十年之語。第三次變化是郭沫若套用唯物史觀寫中國古代社會研究，於是馬克思主義者認定中國至今尙停留在半封建社會的階段。

賓四先生於民國十九年到北平執教時，正是諸子學大盛，經學固守殘壘，唯物史觀學派興起的年代。他在蘇州完成的劉向歆年譜於這時出版了，該書對康有爲新學僞經考的主張予以有力的駁斥。其後中國近三百年學術史出版，更將康說之謬誤予以直接的批判。於是各大學抱殘守缺的經學講座在無形中撤除。但是中國近三百年學術史更大的作用，在針對當時北方學風僅知材料考據，號稱以科學方法整理國故的流弊予以糾正，提示了治學貴在融會貫通，治學術史最要注意學說本身的生長演變的新途徑。

賓四先生的先秦諸子繫年，草成於蘇州，到北平後再加增訂後才出版，此書出而胡著中國哲學史大綱之疏漏洞見，其中老子的年代問題，賓四先生另外寫了一本小書「老子辨」，胡先生根據古籍記載，主張老子比孔子年長，梁啓超顧頡剛先生則主張老子年代應在戰國，賓四先生則更主張說像司馬遷「史記」所透露，老子其人只是傳說中的人物，應把「道德經」的完成推定學術史上的年代。他根據「道德經」的文字和思想內容，判斷「道德經」的年代尚在莊子一書之後，「道德經」是戰國晚年的作品。賓四先生以「老子」一書與老子其人分開來考證，既有見地而考證又很精到，所以不但在國內得到多數學者認可，在國外也得許多學者的支持與採納。胡先生今春回國，還宣告擬另寫文章，推倒錢說。至於賓四先生先秦諸子繫年最大的貢獻，非但把先秦諸子的年代都考訂了，而且改造了史記六國年表，使戰國史有了一個新的面目。

當時錢先生除在北大主持國史講座外，兼授淸華燕京國史各二小時，限於定章，他校不能再兼。這時師大國史一課；屢易教授，均被學生轟走，原因是學生提出中國封建社會起迄時期問題，執教者均不能圓滿解答。於是北大破例讓賓四先生去師大兼課。說也奇怪，師大學生竟不再重提舊問。原來賓四先生的講義中已有獨到的解答，把所有馬克思主義學者的謬說戳穿了，所以學生不須再問。他的講義中，對於中國政治制度社會經濟的演變等都能從深入的研究中得出明確的定論來，所以共產黨無從反駁。這一任講義後經整理出版，就是紙貴洛陽的「國史大綱」。

國史大綱的出版，已在抗戰時期，這時經過三十年的研究工夫，他的學問才達成熟的階段，他的苦學奮鬥才眞成功。「國史大綱」最大的功績是向一輩鄙薄本國歷史文化者提供眞相，使知我民族文化偉大精神之所在，有如甘地在印度所起作用一樣，是激發了民族的自信心。賓四先生此後的著作，大多是在發揮這一理論。

賓四先生於抗戰時期隨校輾轉遷徙去西南，在昆明西南聯大任教，後又在成都齊魯大學主持國學研究所，勝利後回故鄉無錫擔任江南大學文學院院長。這期間的重要著作有「政學私言」和「中國文化史導論」等書。

民國三十八年大陸淪入鐵幕，賓四先生隻身奔避，逃難到香港，又開始了他奮鬥史的新頁。那是他在香港邀集同志，赤手空拳，創辦了新亞書院。卅八年秋創校之初，原名亞洲學院，卅九年春經改組始稱新亞。該校於極端困窮中艱苦支持，使流亡青年，有所歸趨，迄今五載，簞瓢屢空，而弦歌不絕，保持我民族文化一線生機於海隅，成爲黑夜航行的光明燈塔。

賓四先生於三十九年四十年兩度來臺時學術演講的記錄，整理出版的有「文化學大義」「中國歷代政治得失」「中國歷史精神」等書，比起他的四部成名作來，這些書都是很精彩的通俗讀物，從「文化學大義」一書可以看出他學識的體系，「中國歷史精神」一書，最適合中學生及一般人閱讀，其餘近年的重要著作，有「中國思想史」「宋明理學概述」「莊子纂箋」等書。

賓四先生對於先秦諸子、宋明理學，固然都有特別的研究，但他最敬仰的人物還是孔子，他的思想是以儒家爲中心的，他對「論語」一書，愈鑽研愈覺有橄欖般的滋味，他的書室「未學齋」就是取名於「論語」的。他的私願，要做一個新時代的新朱熹。去年春天，他開始寫他的「論語新解」，在人生雜誌連載，他預備三年寫完初稿，二十年修訂完成，這眞是一樁最有意思的偉大工作。

賓四先生四十多年來始終爲教育爲學術文化而奮鬥，絲毫不鬆懈。他主持新亞書院不支薪水，與全校師生共甘苦，親如家人子女，學校終於在艱苦支撐中一天天的發達起來。去年秋天添辦了新亞研究所，現在於他六十壽辰的前夕，美國耶魯大學又公佈了支持新亞書院的合作計劃。前年他在臺演講曾因坍屋受傷，幾乎喪命，但傷愈後他研讀更勤，著作更多，眞有不知老之將至之槪。孔子的偉大精神是「學不厭教不倦」，賓四先生四十多年的研究生活，四十多年的教育生活也和孔子一樣最足爲我們師法。

四十三年六月於臺北

四十一年八月一日人生三月刊九十號

佛教對我國詩人的影響

裴溥言

我國詩人受印度佛教思想影響的，大家都舉唐朝有詩佛之稱的王維作代表。我們追溯王維的詩，實爲陶潛田園詩與謝靈運山水詩的卓越的結合。而陶、謝都受有佛教思想的影響，可說是中國重要詩人中受印度佛教思想影響最早的兩人。

胡適雖主張佛教文學在六世紀以後才對中國文學發生影響，但佛教思想的影響中國文學，他承認自五世紀起。他說：「五世紀以下，老莊的自然主義的思想，已和外來的佛教思想混合了；士大夫往往輕視世務，寄意於人事之外，雖不出家，而往往自命爲超出塵世，於是在文學方面有『山水』一派出現。劉勰所謂『宋初文脈，莊老告退而山水方滋。』即是指這種趨勢。代表這種趨勢的，在五世紀有兩個人：陶潛與謝靈運。」（白話文學史頁一九

五）

東晉的陶潛（公元三六五—四二七）爲我國田園詩人之祖，相傳他與廬山的高僧慧遠爲至交，常去廬山與慧遠長談，談得很投機，有「虎溪三笑」故事的流傳。想來他對佛學有相當的瞭解。劉大杰「中國文學發展史」說：「陶淵明是魏晉思想的淨化者，他的哲學文藝以及他的人生觀，都是浪漫的自然主義的最高表現。在他的思想裡，有儒道佛三家的精華而去其惡劣的習氣。他有律己嚴正肯負責任的儒家精神，而不爲那種虛偽的禮法與破碎的經文所陷；他愛慕老莊那種清靜逍遙的境界，而不與那些頹廢荒唐的清談名士同流；他有佛家的空觀與慈愛，而不沾染一點下流的迷信色彩。因此我們在他的作品裡，時時發現各家思想的精義，而又不爲某家所獨占。在這種地方，就正顯出他思想背境的豐富和他的作品的偉大。」

謝靈運（公元三八五—四三三）與陶潛同時，也是晉宋間人，爲我國山水詩人的開創者。他是一個佛教徒，（詳張長弓「中國文學史新編」）他的詩集中，有維摩經十譬讚八首等直接歌詠佛經的詩。他的詩，也含有禪理，如：「溟漲無端倪，虛舟有超越。」「慮淡物自輕，意愜理無違」等均是。

這可見晉宋之間，詩人已受印度的影響而對詩歌內容有新的創造，到唐代王維李白而臻完美，成爲很有勢力的一個詩派，影響了歷代的詩人。但詩仙李白的成就，超越了這一派，(他的詩也多少受到了佛經的影響)所以這一派的領袖人物，還是詩佛王維。

王維（公元六九九—七五九）字摩詰，即取佛典維摩詰經分析成名與字，所以從他名字上看，便知道他是一個佛教徒。他性既好佛，復愛山水，兼長詩畫和音樂。他的詩既協音律，更得力於禪悟與畫理，寫山水之幽靜，得妙趣於象外，意味無窮。他曾做尚書右丞的官，所以也稱王右丞。晚年在輞川山水間，買得宋之問藍田別墅，有華子岡、欹湖、竹里館、辛夷塢、鹿砦、漆園諸勝，與道友裴迪泛舟往來，彈琴賦詩，嘯詠終日，各成五言絕句二十首，輯爲輞川集，清秀美妙，最爲神品。宋蘇軾曾謂：「味摩詰之詩，詩中有畫；觀摩詰之畫，畫中有詩。」清趙鐵嚴「王集箋註」序評曰：「右丞通於佛理，故語無背觸，甜澈中邊，空外之音也，水中之影也，香之於沉實也，果之於木瓜也，酒之於建康也。使人索之於離即之間，驟卻去之而不可得，蓋空諸所有而獨契其宗。」葛賢寧中國詩史說：「維詩的技巧，得諸佛家的禪悟，得諸於繪畫，得諸於音樂，已爲這三者的綜合融會，所以能妙絕古今。」

當時與王維唱和的隱逸詩人除裴迪外，尚有孟浩然、儲光羲、丘爲、祖詠、綦毋潛等人。其中以孟浩然與王維齊名，世稱王孟。中唐詩人中，則有韋應物、柳宗元、劉長卿等追踪王孟，其餘常建、元結、顧況諸人，也常被列入王孟派。

王孟詩人，可總稱之爲山水田園派，也稱隱逸派。他們雖不似佛陀之山林修行以求心靈的絕對自由（解脫），然亦以寄情山水爲自由。例如柳宗元詩云：「破額山前碧玉流，騷人遙駐木蘭舟；春風無限瀟湘意，欲採蘋花不自由。」（酬曹侍御）這一詩派演變的情形和那幾位詩人是信佛的，我這裡都略而不談。現只舉儲光羲的一首詩，以爲這派詩人受印度慈悲思想影響之一例：

田家卽事

蒲葉日已長，荇花日已滋，老農要看此，貴不違天時。迎晨起飯牛，雙駕耕東菑，蚯蚓土中出，田烏隨我飛。群合亂啄噪，嗷嗷如道飢。我心多惻隱，顧此兩傷悲，掇食與田烏，日暮空筐歸。親戚更相誚，我心終不移。

要具備這種對動物的慈悲心腸，處身於天地間，才會有「退谷正可遊，栖湖任來泛。湖上有水鳥，見人不飛鳴，谷口有山獸，往往隨人行。」（元結「招孟武昌」）那種人與禽獸融洽一體，在大自然中的自由境界的和諧表現。這樣境界，是印度森林文化的極致，也就是我們學來了「自由」和「絕對的愛」的表徵。西洋人到二十世紀才對印度泰戈爾詩驚奇地加以讚美。我們在一千二百年前便已從山水田園派詩人的筆下把印度思想融化爲中國文化的一種特色了。

其次，唐代代表儒家思想的詩人像諷喻派的白居易，是最熱中於政治的，但胡適說他和盧仝詩的白話化，是受民間佛曲等的影響。而白居易最後亦成爲佛教徒，自號香山居士。佛教對於中國詩人影響的深遠，可想而知。

另外唐代白話偈體詩，別成一派，以王梵志、寒山爲代表。而唐代詩僧，「唐詩品彙」歷舉有三十三人，足見其盛。就中寒山、皎然、貫休、齊己、靈澈、法震、法照、無可、護國、清江、無本等，皆其錚錚者，尤以寒山之寒山集，皎然之抒山集，貫休之禪月集，齊己之白蓮集，皆爲佛教文學吐萬丈氣焰。詩僧歷代皆有，直到民國初年，還產生了一位有名的詩僧蘇曼殊。

至於以應用禪理作詩論，始於北宋的李之儀。而以南宋的嚴羽爲代表，嚴羽在他的「滄浪詩話」中說：

詩者，吟詠性情也。盛唐諸人，惟在興趣，羚羊掛角，無跡可求。故其妙處，透徹玲瓏，不可湊泊，如空中之音，相中之色，水中之月，鏡中之象，言有盡而意無窮。論詩如論禪，大抵禪道惟在妙悟，詩道亦在妙悟。且孟襄陽（浩然）學力下韓退之（愈）遠甚，而為詩獨出退之上者，一味妙悟而已，惟悟乃為當行，乃為本色。

——答吳景仙書

清代王漁洋，卽本嚴羽的主張而倡爲詩的神韻之說，風靡一時，這是印度佛教傳入中國，對我國文學理論上所生的影響。

三首同題詩的比較欣賞

裴溥言

我研究詩經對後代詩歌的影響，而發現大家不注意的集句詩和詩經的相同句，有著密切的關係，再對集句詩的發展加以考察，而有集句詩研究一書的出版。因為集句詩的研究是一塊處女地，以前從來沒有人專門研究過，而我對這方面研究所花時間與精力尚不多，雖然已奠定了一個基礎，待充實的地方還不少，所以自該書於去年十一月在臺灣學生書局出版以後，我仍不時繼續蒐尋資料，也隨時有識與不識的朋友，提供線索或逕寄作品的。這七八個月來，又有不少的收穫。尤其是清初黃之雋香屑集的千首集句的考察，更讓我抬高了集句詩的評價。

這話怎麼說呢？原來黃之雋的集句詩近千首，都是仿效晚唐韓偓的香奩體作品。而他雖仿香奩，以至於逐首和韓並次其韻，但又力追風騷的比興，所以仍自負其「心路玲瓏格調高」，並不以集句而又能學像香奩爲滿足。所以對他集句詩的評價，卻竟高於他所模仿的香奩詩了。這方面，我將撰寫黃之雋香屑集的評介一文來研討，這裡只提出香屑集中一首咏物的七言律詩來，和韓偓香奩集中一首同題的七律，及也是香奩同題七律的秦韜玉一首詩來作比較欣賞的研究。

詠手

腕白膚紅玉筍芽，調琴抽線露尖斜；
背人細撚垂臙鬢，向鏡輕勻襯臉霞。
悵望昔逢褰繡幔，依稀重見托金車。
後園笑向同行道，摘得蘼蕪又折花。

——韓偓香奩集

一雙十指玉纖纖，不見風流物不拈。

鸞鏡巧梳勻翠黛，畫樓閒望擘珠簾。
金杯有喜輕輕點，銀鴨無香旋旋添。
因把剪刀嫌道冷，泥人呵了弄人髯。
——秦韜玉投知小錄

綠鬟侍女手纖纖，髣髴還應露指尖。
為我樽前橫綠綺，偶然樓上捲珠簾。
繁絃似玉紛紛碎，銀鴨無香旋旋添。
喜字漫書三十六，彩毫何必夢江淹。
——黃之雋香屑集

黃之雋這首七律，是集唐代八人每人一句詩集合而成，八人依照詩句的先後是①黃滔②張祜③韋莊④司空圖⑤陸龜蒙⑥秦韜玉⑦孫元晏⑧劉兼。集句成律詩最大的困難是集甲詩人的成句，與乙詩人的成句對仗，而要合律，如果平仄不協，對仗不合，先就失敗了，遑論詩的好壞！現在黃詩與秦詩都是平起式七律用下平十四鹽韻，韓詩則是仄起式七律用下平六麻韻，我檢查過，三首詩的平仄和對仗都無問題，接著試把三詩都當作自己的創作，來分析比較，以衡量其優劣。

首先，我們試考察這三首詩，具有好多相同之點：第一，都是用七律的形式寫成的香艷詩；第二、都是純粹的詠物詩，只是手的描寫而非比興之作；第三、都是企圖每句以描寫手的形態或動作爲基調所成，所以每首的八句，至少有六句是直接寫手的。若從這一角度來考察，應以秦詩八句，句句寫手爲最成功。黃詩次之，僅末句不涉手，韓詩則六七兩句都未牽涉到手，應居第三。黃詩的末句，是第七句的延伸，是對上一句玉手寫了三十六個喜字的讚美。同樣，韓詩的第六句是第五句的延伸，寫美人手裏綉幔所得效果，是彷彿重見情人的金車又來。第七句是第八句的前奏，用含笑的報導，來引出第八句的手摘蘼蕪，又折取了花枝。

其次，我們考察律詩，應論頷聯與頸聯的對仗。三詩比較，韓詩字字工整，秦詩僅秦樓對鸞鏡放寬了一些，黃詩則偶然對爲我，銀鴨對繁絃，無香對似玉，都已馬虎了，這就因黃詩是集句，集句連一個字的創作自由也沒有。集句而又限集唐，又限八句要出自八人之筆，而且黃之雋又自限他在別首集句詩裡已用過的句子，此地不能重見，以免觸犯他自己所立「句不重複」之規條。他的集句詩，多到近千首，所以律詩的對仗，往往不能工整了。

從以上的考察來看，黃詩沒有一點能與韓秦詩爭勝的地方。但就整首詩的描寫來講，卻是黃詩最佳。因爲韓秦詩都只是泛寫美女之手，而黃詩更縮小範圍，整首詩專寫一個侍女的手，句句切合侍女的身分。詩中所寫，既有主人的「我」，則句句是主人對侍女的觀察與敍述。此外，對侍女的特長，寫得既細緻而又有高雅的情調。但最成功的卻是在結聯兩句，寫侍女畢竟是侍女。白居易的身邊，有兩個女子侍奉著：一個小口的樊素，歌唱得特別好；一個細腰的小蠻，舞跳得特別好。一經品題：「櫻桃樊素口，楊柳小蠻腰」，便傳爲佳話。而她們的身分已不是侍女，而是高一等的侍妾了。這整首詩氣韻生動，而顯出是格調高雅的上乘作品來。並比之下，同樣是香奩體，韓秦二詩怎麼樣的美，只是一般的庸粉俗脂，而黃詩卻是活色生香的上品。

韓偓是晚唐香奩體的主角，秦韜玉是韓偓同時人，韓偓雖以擅寫肉體美聞名，而他的詩仍不失耐人尋味處。這詩首聯寫美女調琴，就把玉手的美予以特寫；頷聯寫美女化粧，又以工整勝。但他的成功卻在頸聯的寫她褰幔時的隱秘的棄婦之哀怨，而再在尾聯後園折花消愁時，以「笑向同行道」來掩飾她內心的鬱結。因此這詩就耐人尋味了。（但「上山採蘼蕪」是寫貧苦棄婦的古詩，全韓詩寫貴婦之手，用其典於後園採蘼蕪，終嫌其不很貼切）秦韜玉這首同題的詠手，似乎是見到韓詩才寫的，所以要句句寫手，以求勝韓，第七句等尚留仿韓痕跡。要句句寫手，就難免堆砌之病。而秦詩尾聯，仍能靈活運用，詩亦不弱。他寫因手執剪刀冷凍了手，所以就呵了手去弄人的鬍鬚，這樣巧妙地把兩句的手連貫起來了。但這是小女孩的行徑，而前面「鸞鏡巧梳勻翠黛」等句，又是寫成熟的美女。全詩不能一貫，所以他的爭勝，還是失敗了。

秦韜玉自由創作與韓詩爭勝，尙得敗下陣來，黃之雋用一字不得自由的集句詩來仿韓，怎麼反能青出於藍呢？這就在他能別出心裁，專寫侍女的手，而且把侍女寫活。他看到黃滔卷簾詩中「綠鬟侍女手纖纖」一句而決定專寫侍女的手，因此把它作爲第一句而限用纖字的鹽韻，於是在全唐詩中找出用鹽韻而可關涉到侍女之手的若干詩句來。最容易選定的是張祜的「髣髴還應露指尖」放在第二句的位置，因爲第二句和第一句不必成對偶，只要平仄相協就行了。司空圖的「偶然樓上捲珠簾」句的平仄可放在第四句的位置上，秦韜玉的「銀鴨無香旋旋添」句的平仄可放在第六句的位置上。這兩聯上句的字詞都要和下句成對的，好不容易找到了韋莊的「爲我樽前橫綠綺」句，陸龜蒙的「繁絃似玉紛紛碎」句，可以對上了而且都是寫彈琴的，於是配上而寫出侍女捲簾添香工作以外的一樣特殊技能來。這樣頷聯頸聯的完成，已不知費了多少工夫，用了多少心血，三五兩句要找到較爲工整的對句是可能的，但他寧可用這兩句而寫出這一侍女的特色來。尾聯最爲重要，寫得出色，與上面六句配合得好，便整首詩生動了。秦詩的失敗，就在尾聯沒有和頷聯配合好，所以這尾聯的完成，最爲吃重。黃之雋也許就從秦詩第五句「金杯有喜輕輕點」的喜字上得到了靈感。於是美女的手在金杯的喜字上指點著，一變而爲侍女的手漫書了三十六個喜字，他竟從孫元晏的鬱林王一詩中，找到了「喜字漫書三十六」一句，與毫不相干的劉秉的芳春詩中「彩毫何必夢江淹」句連接起來，賦予了新的生命，成爲全詩最生動得力的一環。黃之雋苦幹有成，眞是他自己說的「採得百花成蜜後，不知辛苦爲何人！」（集唐卷末自題）藝術的迷人有如此者，藝術精神的可尊可貴也就在這裡。

六十五年十二月三十日中國時報人間副刊

吾人今日如何讀詩經

裴溥言

詩經是我國最古老的一部詩歌總集，共有三〇五篇，普通擧其成數也稱之爲三百篇。分風、雅、頌三大類，風有十五國風，雅有小雅、大雅，頌有周頌、魯頌，商頌。是從西周到東周春秋時代的作品。離現在已經有兩三千年了，所以它的文字相當古奧，除了對它專門研究的學者，一般人是不容易了解的。但因它具有豐富的內容，美妙的辭藻，和諧的韻律，所以是一部在任何時代的中國人都値得一讀的經典寶庫。

說到它的內容，眞是包羅萬象，凡是有關那個時代的典章制度、戰爭形態、社會狀況、民情風俗，以及天文地理、曆法時序，以至於黍稷稻麥、麻縷絲帛、草木鳥獸蟲魚等無所不有，可說是一份周人生活的眞實紀錄，一部非常有價値的周代文化史。而這份生活紀錄，這部文化史，卻是以高度的文學技巧寫的。其中每一字的推敲，每一句的斟酌，每一章的安排，都是經過詩人煞費苦心完成的。眞可謂是字字珠璣，篇篇佳構，美不勝收。更加之以絕大多數是叶韻歌辭，讀起來不只讓我們享受聲調韻律之美，更能使我們有悠然神往之情，而欣賞不置。

那麼這麼好的一部文學巨著，這麼寶貴的一份文化遺產，我們今日一般人要如何去讀它，才能了解它的內容，欣賞它的妙趣呢？我認爲應該先從十五國風讀起。十五國風共一百六十篇，其中多是描述民間的愛情詩。在三百篇中屬於文字最淺顯而篇幅較簡短的一類，從這些詩篇，我們可以觀察當時各個地區的風土人情，欣賞一般人民的喜怒哀樂，同情不幸遭遇者的怨情哭訴，是一些非常美好的抒情詩，值得篇篇細讀。

其次再讀小雅。小雅一共七十四篇，多是一些社會詩。其中有描述親情友情等的倫理詩如鹿鳴、常棣、伐木、蓼莪等；有敍述抵禦外侮的戰爭詩如采薇、出車、六月、采芑等。其他如讚美君王勤政的庭燎、描述賢士隱居的鶴鳴，君王愛賢而惜其不仕的白駒，敍述周代建築最完備，且奠定我國重男輕女觀念的斯干，描寫牛羊動態唯妙唯肖的畜牧詩無羊，敍述周代貴族祭祀大典的代表作楚茨；強調娶妻娶德，新婚夫婦重精神輕物質的那種歡悅心情的車華，以及寫得令人發噱的醉客圖賓之初筵等，都是比較易讀而有興趣的詩篇。另如借天象比喻人事，以發洩怨苦之情的大東，想像力之豐富，三百篇中無出其右；敍寫周幽王時天災人禍的十月之交，把突然發生大地震的可怕景象，只以「百川沸騰，山冢崒崩；高岸爲谷，深谷爲陵」十六個字來描寫，勝過千言萬語。其他佳構尚多，可隨各人所好，加以選讀。

其次再讀大雅，大雅三十一篇，多係追述周人祖先的功德，以及誇張西周初年開國盛世，和歌頌中興明主周宣王文治武功的一些敍事詩。雖然篇數不多，但多爲長篇鉅製。其中「生民、公劉、緜、皇矣、大明」五篇可作爲一個單元來讀。這幾篇所記述的是武王滅商以前，周民族幾個重要人物的事跡。生民是寫周人的祖先后稷降生的神異，他是天賦的農業專家，奠定了中華民族以農立國的基礎。篇中對於土壤的選擇、農作物的生長情形、收穫後將穀物碾成米煮成飯的各種手續，都敍述得既詳細而又生動。此詩揉合了「周人祭祖」「祈祝豐收」與「祓除不祥」等幾個宗教的傳統觀念。後來就發展成中華農業文明的重要特色：「祭祀祖宗」「重農主義」以及祝福多子多孫多福壽的「子孫繁昌」的觀念，影響我中華文化至鉅。公劉篇是敍述后稷的四代孫公劉遷徙豳地的經過。舉凡開國宏規，遷居瑣務，無不備具，是一幅絕妙遷徙圖。由此詩可看出公劉是一位非常勤政愛民的偉大領袖。緜篇是敍述太王遷岐，爲文王之興奠定基礎的史詩，非但追敍了周人岐山時代的歷史，而且把太王的愛民之心，文王的仁德之政，都渲染出來了。而其中對於遷岐之初建廟築屋的描述，更是寫得有聲有色，令人激賞。皇矣是敍述太王、太伯、王季之德，以及文王伐密伐崇之事跡。篇中特別強調「明德」。因此二字是周室歷代的傳心家法。大明是敍述周德之盛、配偶之宜，太王、季歷及文王，都有品德相當的配偶。武王因有歷代賢德的祖先，所以才能伐商而有天下，以見武王之得天下，不是偶然的。此詩啓示我們選娶配偶之重要。而「明德」更應該是歷代相傳的中華美德。其他如雲漢篇，敍述周宣王即位之初即遇到嚴重的旱災，宣王率群臣禳旱祈雨的焦急情形，而只以「滌滌山川」四個字即寫出旱災之可怕。江漢、常武是寫周宣王時代平定東方淮夷徐夷的詩篇。常武篇更是宣王帥師親征，其中第五章「王旅嘽嘽，如飛如翰，如江如漢，如山之苞，如川之流，緜緜翼翼，不測不克，濯征徐國。」寫出王師的勇猛、動攻、靜守，以及軍隊的嚴整，克敵的謀略，的確是王者之師。而且連用數「如」字，將兵勢盛大之概念，使其具體而客觀化，有氣呑山河之勢，讀之令人驚心動魄而有一路掃蕩，席捲而來，勢如破竹，終將敵人消滅淨盡之快感。這種描寫是何等的筆力，何等的氣魄！其他如崧高、烝民、韓奕三篇，是寫周宣王國防上的重要措施，由這些可貴的史詩，可看出周宣王抵禦外侮侵略，成就中興大業的偉大政績。

最後可讀祭祀詩的三頌、周頌三十一篇，是三百篇中時代最早的樂歌。篇幅雖然最短，但文字卻最古奧。唯載芟、良耜兩篇較易讀，也比較有趣，載芟是農田耕耘之歌，良耜則是慶祝秋收之詩。二者對於農家生活，都寫得生動而活潑，其他各篇初學者不讀也可。

魯頌四篇多頌美魯僖公之詩，是頌兼風雅之體，所以較之周頌易讀。由駉篇可見當時魯國牧馬之盛。閟宮是三百篇中第一長詩，共四百九十二字，是敍述魯僖公修復宗廟並以慶功的詩。

商頌五篇，是殷商之後宋襄公時代祀祖的樂歌，由玄鳥篇可知殷商祖先之降生神話及商湯初有天下的光榮歷史。殷武是三百篇的最後一篇，頌美宋襄公的功業。

以上所舉，是其犖犖大者。一般的讀書人，如果能將全部國風及本文所列出的大小雅及三頌各篇，加以研讀，整部詩經的內容及精神，就可以有個概念，而能從中獲益匪淺了。

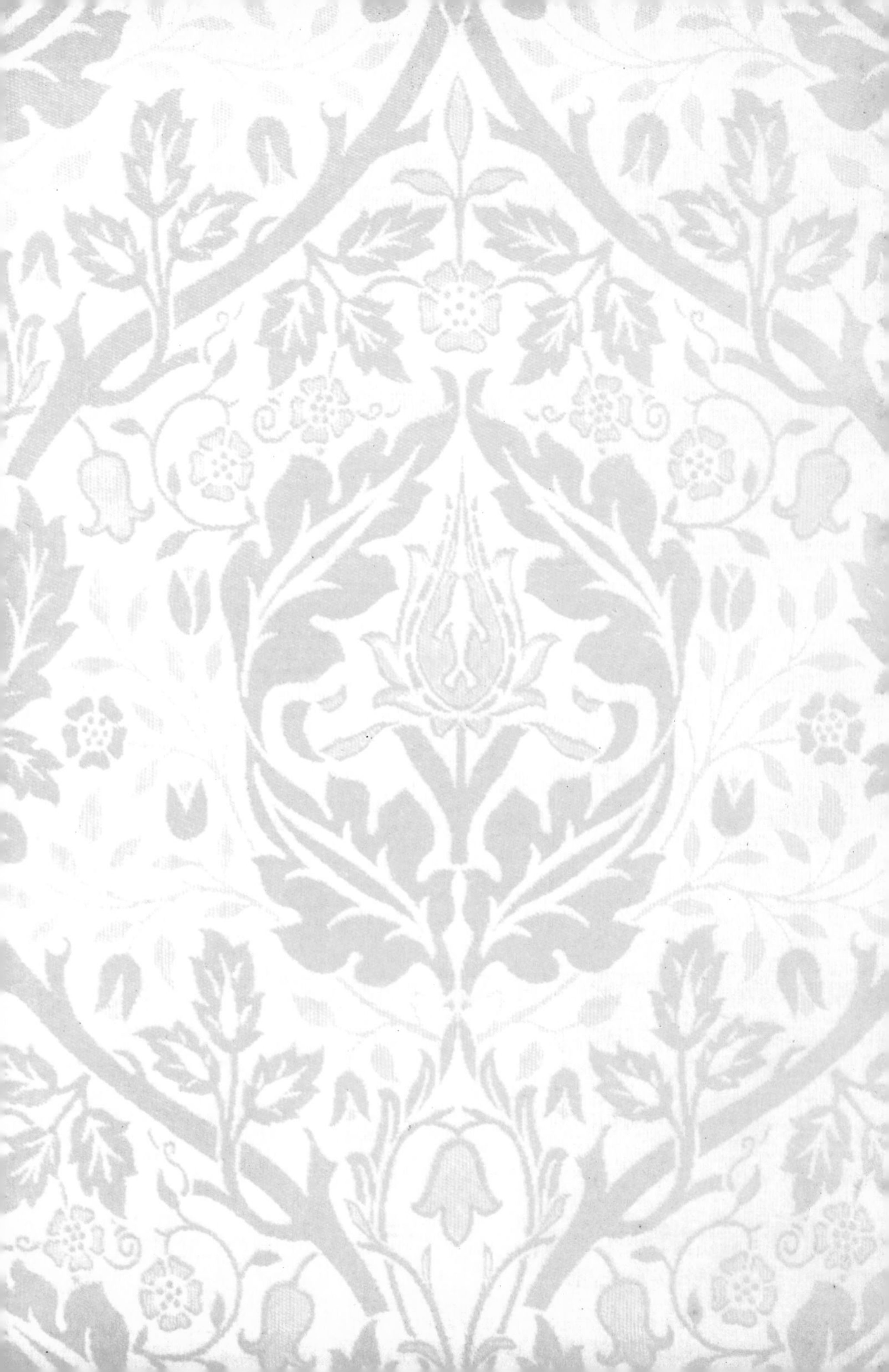

滄海叢刊書目㈠

國學類

中國學術思想史論叢㈠～㈧	錢　穆　著
現代中國學術論衡	錢　穆　著
兩漢經學今古文平議	錢　穆　著
宋代理學三書隨劄	錢　穆　著
論語體認	姚式川　著
西漢經學源流	王葆玹　著
文字聲韻論叢	陳新雄　著
楚辭綜論	徐志嘯　著

哲學類

國父道德言論類輯	陳立夫　著
文化哲學講錄㈠～㈤	鄔昆如　著
哲學與思想	王曉波　著
內心悅樂之源泉	吳經熊　著
知識、理性與生命	孫寶琛　著
語言哲學	劉福增　著
哲學演講錄	吳　怡　著
後設倫理學之基本問題	黃慧英　著
日本近代哲學思想史	江日新　譯
比較哲學與文化㈠㈡	吳　森　著
從西方哲學到禪佛教——哲學與宗教一集	傅偉勳　著
批判的繼承與創造的發展——哲學與宗教二集	傅偉勳　著
「文化中國」與中國文化——哲學與宗教三集	傅偉勳　著
從創造的詮釋學到大乘佛學——哲學與宗教四集	傅偉勳　著
中國哲學與懷德海	東海大學哲學研究所主編
人生十論	錢　穆　著
湖上閒思錄	錢　穆　著
晚學盲言（上)(下)	錢　穆　著
愛的哲學	蘇昌美　著
是與非	張身華　譯
邁向未來的哲學思考	項退結　著
逍遙的莊子	吳　怡　著

莊子新注（內篇）	陳冠學 著
莊子的生命哲學	葉海煙 著
墨子的哲學方法	鍾友聯 著
韓非子析論	謝雲飛 著
韓非子的哲學	王邦雄 著
法家哲學	姚蒸民 著
中國法家哲學	王讚源 著
二程學管見	張永儁 著
王陽明——中國十六世紀的唯心主義哲學家	張君勱著、江日新譯
王船山人性史哲學之研究	林安梧 著
西洋百位哲學家	鄔昆如 著
西洋哲學十二講	鄔昆如 著
希臘哲學趣談	鄔昆如 著
中世哲學趣談	鄔昆如 著
近代哲學趣談	鄔昆如 著
現代哲學趣談	鄔昆如 著
現代哲學述評㈠	傅佩榮編譯
中國十九世紀思想史（上）（下）	韋政通 著
存有・意識與實踐——熊十力體用哲學之詮釋與重建	林安梧 著
先秦諸子論叢	唐端正 著
先秦諸子論叢（續編）	唐端正 著
周易與儒道墨	張立文 著
孔學漫談	余家菊 著
中國近代新學的展開	張立文 著
哲學與思想——胡秋原選集第二卷	胡秋原 著
從哲學的觀點看	關子尹 著
中國死亡智慧	鄭曉江 著
道德之關懷	黃慧英 著

宗教類

天人之際	李杏邨 著
佛學研究	周中一 著
佛學思想新論	楊惠南 著
現代佛學原理	鄭金德 著

絕對與圓融——佛教思想論集	霍韜晦著
佛學研究指南	關世謙譯
當代學人談佛教	楊惠南編著
從傳統到現代——佛教倫理與現代社會	傅偉勳主編
簡明佛學概論	于凌波著
修多羅頌歌	陳慧劍譯註
禪話	周中一著
佛家哲理通析	陳沛然著
唯識三論今詮	于凌波著

自然科學類

異時空裡的知識追逐——科學史與科學哲學論文集	傅大為著

應用科學類

壽而康講座	胡佩鏘著

社會科學類

中國古代游藝史——樂舞百戲與社會生活之研究	李建民著
憲法論叢	鄭彥棻著
憲法論集	林紀東著
國家論	薩孟武譯
中國歷代政治得失	錢穆著
先秦政治思想史	梁啓超原著、賈馥茗標點
當代中國與民主	周陽山著
釣魚政治學	鄭赤琰著
政治與文化	吳俊才著
世界局勢與中國文化	錢穆著
海峽兩岸社會之比較	蔡文輝著
印度文化十八篇	糜文開著
美國的公民教育	陳光輝譯
美國社會與美國華僑	蔡文輝著
文化與教育	錢穆著
開放社會的教育	葉學志著
大眾傳播的挑戰	石永貴著

傳播研究補白	彭家發 著
「時代」的經驗	汪琪、彭家發 著
書法心理學	高尚仁 著
清代科舉	劉兆璸 著
排外與中國政治	廖光生 著
中國文化路向問題的新檢討	勞思光 著
立足臺灣，關懷大陸	韋政通 著
開放的多元化社會	楊國樞 著
臺灣人口與社會發展	李文朗 著
財經文存	王作榮 著
財經時論	楊道淮 著
宗教與社會	宋光宇 著

史地類

古史地理論叢	錢穆 著
歷史與文化論叢	錢穆 著
中國史學發微	錢穆 著
中國歷史研究法	錢穆 著
中國歷史精神	錢穆 著
憂患與史學	杜維運 著
與西方史家論中國史學	杜維運 著
清代史學與史家	杜維運 著
中西古代史學比較	杜維運 著
歷史與人物	吳相湘 著
共產國際與中國革命	郭恒鈺 著
抗日戰史論集	劉鳳翰 著
盧溝橋事變	李雲漢 著
歷史講演集	張玉法 著
老臺灣	陳冠學 著
臺灣史與臺灣人	王曉波 著
變調的馬賽曲	蔡百銓 譯
黃　帝	錢穆 著
孔子傳	錢穆 著
宋儒風範	董金裕 著
增訂弘一大師年譜	林子青 著
精忠岳飛傳	李安 著

張公難先之生平	李飛鵬 著
唐玄奘三藏傳史彙編	釋光中 編
一顆永不殞落的巨星	釋光中 著
新亞遺鐸	錢穆 著
困勉強狷八十年	陶百川 著
困強回憶又十年	陶百川 著
我的創造・倡建與服務	陳立夫 著
我生之旅	方治 著

語文類

文學與音律	謝雲飛 著
中國文字學	潘重規 著
中國聲韻學	潘重規、陳紹棠 著
詩經研讀指導	裴普賢 著
莊子及其文學	黃錦鋐 著
離騷九歌九章淺釋	繆天華 著
陶淵明評論	李辰冬 著
鍾嶸詩歌美學	羅立乾 著
杜甫作品繫年	李辰冬 著
唐宋詩詞選 — 詩選之部	巴壺天 編
唐宋詩詞選 — 詞選之部	巴壺天 編
淸眞詞研究	王支洪 著
苕華詞與人間詞話述評	王宗樂 著
元曲六大家	應裕康、王忠林 著
四說論叢	羅盤 著
紅樓夢的文學價值	羅德湛 著
紅樓夢與中華文化	周汝昌 著
紅樓夢研究	王關仕 著
中國文學論叢	錢穆 著
牛李黨爭與唐代文學	傅錫壬 著
迦陵談詩二集	葉嘉瑩 著
西洋兒童文學史	葉詠琍 著
一九八四	George Orwell原著、劉紹銘 譯
文學原理	趙滋蕃 著
文學新論	李辰冬 著
分析文學	陳啓佑 著

解讀現代·後現代——文化空間與生活空間的思索	葉維廉 著
學林尋幽——見南山居論學集	黃慶萱 著
中西文學關係研究	王潤華 著
魯迅小說新論	王潤華 著
比較文學的墾拓在臺灣	古添洪、陳慧樺 主編
從比較神話到文學	古添洪、陳慧樺 主編
神話即文學	陳炳良等 譯
現代文學評論	亞菁 著
現代散文新風貌	楊昌年 著
現代散文欣賞	鄭明娳 著
實用文纂	姜超嶽 著
增訂江皋集	吳俊升 著
孟武自選文集	薩孟武 著
藍天白雲集	梁容若 著
野草詞	韋瀚章 著
野草詞總集	韋瀚章 著
李韶歌詞集	李韶 著
石頭的研究	戴天 著
留不住的航渡	葉維廉 著
三十年詩	葉維廉 著
寫作是藝術	張秀亞 著
讀書與生活	琦君 著
文開隨筆	糜文開 著
印度文學歷代名著選（上）（下）	糜文開 編譯
城市筆記	也斯 著
歐羅巴的蘆笛	葉維廉 著
移向成熟的年齡——1987～1992詩	葉維廉 著
一個中國的海	葉維廉 著
尋索：藝術與人生	葉維廉 著
山外有山	李英豪 著
知識之劍	陳鼎環 著
還鄉夢的幻滅	賴景瑚 著
葫蘆·再見	鄭明娳 著
大地之歌	大地詩社 編
往日旋律	幼柏 著

鼓瑟集	幼　柏　著
耕心散文集	耕　心　著
女兵自傳	謝冰瑩　著
抗戰日記	謝冰瑩　著
給青年朋友的信(上)(下)	謝冰瑩　著
冰瑩書柬	謝冰瑩　著
我在日本	謝冰瑩　著
大漢心聲	張起鈞　著
人生小語(一)～(六)	何秀煌　著
記憶裏有一個小窗	何秀煌　著
回首叫雲飛起	羊令野　著
康莊有待	向　陽　著
湍流偶拾	繆天華　著
文學之旅	蕭傳文　著
文學邊緣	周玉山　著
文學徘徊	周玉山　著
種子落地	葉海煙　著
向未來交卷	葉海煙　著
不拿耳朵當眼睛	王讚源　著
古厝懷思	張文貫　著
材與不材之間	王邦雄　著
忘機隨筆 — 卷一・卷二	王覺源　著
詩情畫意 — 明代題畫詩的詩畫對應內涵	鄭文惠　著
文學與政治之間 — 魯迅・新月・文學史	王宏志　著
洛夫與中國現代詩	費　勇　著
詩與禪	孫昌武　著
禪境與詩情	李杏邨　著
文學與史地	任遵時　著
老舍小說新論	王潤華　著

美術類

音樂人生	黃友棣　著
樂圃長春	黃友棣　著
樂苑春回	黃友棣　著
樂風泱泱	黃友棣　著
樂境花開	黃友棣　著

樂浦珠還	黃友棣 著
音樂伴我遊	趙琴 著
談音論樂	林聲翕 著
戲劇編寫法	方寸 著
戲劇藝術之發展及其原理	趙如琳譯著
與當代藝術家的對話	葉維廉 著
藝術的興味	吳道文 著
根源之美	莊申 著
扇子與中國文化	莊申 著
水彩技巧與創作	劉其偉 著
繪畫隨筆	陳景容 著
素描的技法	陳景容 著
建築鋼屋架結構設計	王萬雄 著
建築基本畫	陳榮美、楊麗黛 著
中國的建築藝術	張紹載 著
室內環境設計	李琬琬 著
雕塑技法	何恆雄 著
生命的倒影	侯淑姿 著
文物之美 — 與專業攝影技術	林傑人 著
從白紙到白銀	莊申 著

滄海美術叢書

儺(ㄋㄨㄛˊ)史 — 中國儺文化概論	林河 著
挫萬物於筆端 — 藝術史與藝術批評文集	郭繼生 著
貓。蝶。圖 — 黃智溶談藝錄	黃智溶 著
中國美術年表	曾堉 著
美的抗爭 — 高爾泰文選之一	高爾泰 著
萬曆帝后的衣櫥 — 明定陵絲織集錦	王岩編撰